吕约诗选

常春藤诗丛

华东师范大学卷

宋琳 主编

吕约 著

陕西新华出版传媒集团

太白文艺出版社

图书在版编目（CIP）数据

吕约诗选 / 吕约著． -- 西安：太白文艺出版社，2019.1

（常春藤诗丛．华东师范大学卷）

ISBN 978-7-5513-1670-5

Ⅰ．①吕… Ⅱ．①吕… Ⅲ．①诗集－中国－当代 Ⅳ．① I227

中国版本图书馆 CIP 数据核字（2019）第 024726 号

吕 约 诗 选

LV YUE SHIXUAN

作　　者　　吕约

责任编辑　　申亚妮　蒋成龙

封面设计　　不绿不蓝　杨西霞

版式设计　　刘戈

出版发行　　陕西新华出版传媒集团

　　　　　　太 白 文 艺 出 版 社

经　　销　　新华书店

印　　刷　　北京彩虹伟业印刷有限公司

开　　本　　787 毫米 ×1092 毫米　1/32

字　　数　　83 千

印　　张　　7.75

版　　次　　2019 年 1 月第 1 版

书　　号　　978-7-5513-1670-5

定　　价　　45.00 元

心灵城邦的信使
——《常春藤诗丛·华东师范大学卷》序言

　　每场革命，最初都是一个人心灵里的一种思想，一旦同一种思想在另一个人的心灵里出现，那对于这个时代就至关重要了。

——爱默生

一

　　20世纪80年代的大学生诗歌运动属于广义上的"第三代"诗歌运动，是以朦胧诗为代表的地下诗歌运动的余续。其规模大大超越了朦胧诗，并将朦胧诗的影响从理念扩大到日常生活和写作行为中去，就精神的自足、语言实验的勇气与活力来看，或可称之为一场学院"诗界革命"。梁启超曾说："过渡时代必有革命。然革命者当革其精神，非革其形式"（《饮冰室诗话》）。可这一次革命却是从精神开始，而归结于形式的。每个诗人的成长与他的阅读史是相伴随的，一首诗的力量——如雨果所说——可以超越一支军队，如果我们从心灵征服的角度去理解的话，就可以不去管浪漫主义信条是否依然有效。事实上，课堂上讲授的普希金与私底下交换的现代诗歌读物是交互作用于年轻学子的感受力的。顾城的《一代人》只有两句："黑夜给了我黑色的眼睛，我却用它寻找光明。"这种警句式的表达未脱浪漫主义的调子，却成为我们寻找现代性的宣言。

反思20世纪80年代的精神气质和个人学习写诗的历程，我们自然会将地理空间对心灵的投射作用与一首诗的销魂效果联系起来。上海，中国最都市化的城市，具备构成现代性的一切因素。它混杂着殖民时代的摩天大楼、花园洋房和棚户区。黄浦江上巨轮与冒着黑烟的机帆船交错行驶。它的街道风貌中既有石库门的市井风俗画、梦游般的人群，又有琳琅满目的橱窗的奢华镜廊，无轨电车与自行车流的活动影像一掠而过。尽管经过社会主义工业化的改造，昔日租界那"万国"风格的办公楼与住宅区大都幸存了下来，丁香花园的洋气与豫园的老派相对峙，连空气也混合着冰激凌、啤酒、江水和工厂的化学气味。华东师大校园紧邻苏州河——工业污染使它变成了死水，它与另一个近邻长风公园的秀美形成巨大的反差，这些都成为城市焦虑症的源头，本雅明所谓"震惊经验"的上海版。"中国是有都市而没有描写都市的文学，或是描写了都市而没有采取了适合这种描写的手法"（杜衡：《关于穆时英的创作》），20世纪30年代初如此，80年代初亦如此，上海的校园诗人在学徒期已感觉到这个问题。

夏雨诗社成立于1982年5月，早期主要成员是1978、1979和1980级中文系学生。策划地是被我们戏称为"巴士底狱"的第一学生宿舍，灰色的三层回字形楼房，这栋建筑是民国时期大夏大学的旧址。某个春夜，我们开始了紧张的筹备。张贴征稿启事，给名流写信，请校长题词，打字，画插图，油印。5月下旬，《夏雨岛》创刊号就这么诞生了。如果说夏雨诗社有自己的传统，那么可以追溯到辛笛写于20世纪三四十年代的诗，他的为人也堪称我们的师表。另一位有重要影响的是施蛰存先生，他是中文系的教授，有关他和《现代》杂志的关系、"第三种人"文学观的争论、他与戴望舒的友谊，尤其是他写志怪和色情的极具现代感的小说，都使他成为上海传奇的一部分，成为我个人的文学英雄。向两位先生的请益，打开了我的视野。施蛰存的《关于"现代派"一席谈》是在夏雨诗社成立后不久的1983年写的，在文中他提醒年轻人，现代观念早在五十年前就有了，"不是什么新发现"，因此"在创作中单纯追求某些外来的形式，这是没出息的"。如何避免重复上一代人，或再次错过某种与传统接续的契机？在检视我自己以及一些夏雨同人早期习作时，我既怀念青春的纯洁与激情，又不免为文化断裂所导致的盲目而感慨"诗教"的不足。"失去的秘密多得像创新"——理解曼德尔斯塔姆这句话的反讽意味，需要多么漫长的砥砺呀！

二

　　快速吸收、快速转换似乎是青春写作的一个特点，在主体性未完全建立以前，模仿和趋时的痕迹是明显的。学生腔、自我陶醉、为文而造情这些通病使大量的文本失效，在时间的严酷法则下，经得住淘汰的诗作已属凤毛麟角。或许只有诗人的"第二自我"能够立于不败之地，确保出于热爱的摸索没有白费——那时我们都很虔诚。

结社本身在价值取向和实践方面必将体现一个时期或一个地域的文化征候，一个社团往往就是一个趣味共同体，相互激发和讲究品鉴，使代代文人共同参与并创造了知音神话。"真诗在民间"意味着文化的原创性是由民间社会提供的，其中社团的运动是保证原创性的活力得以持续的基础。夏雨诗社作为高校学生社团之一，所以能从中产生出优秀的、有全国影响力的诗人，自发性是至为关键的，没有自发性就不可能保障个性的发挥，也就没有诗歌民主。薇依曾说："思想观念的群体比起或多或少带有领导性的社会各界来，更不像是群体"（《扎根：人类责任宣言绪论》）。夏雨诗社的组织形式不同于利益群体，虽然没有流派宣言，它亦接近于诗歌观念的群体。一首诗的传播有大语境的因素，但是在诗歌圈子的小语境中，一首诗一旦被接受，就是一个不小的事件。如艾略特所说："它调整了固有的次序。"

相对于徐芳、郑洁诗中的淑女气质，张小波、于荣健，还应加上张文质，却着迷于惠特曼或海明威的野性。张小波的《钢铁启示录》、于荣健的《我们这星球上的男子汉》和张文质的《啊，正午》写出时，四川的"莽汉主义"诗派还没有创立。狂放、一定比例的"粗鄙度"（朱大可在《城市人》诗合集序言《焦灼的一代与城市梦》中发明了这个术语）、崇尚力之美、将词语肉身化、并赋予原始欲望以公开的形式——单纯得令人不适，或相反，鄙夷公众趣味到令人咋舌。

色情是唯美主义偏爱的主题，施蛰存在 20 世纪 30 年代就写过《小艳诗》，在旺秀才丹的诗中我们惊讶地发现某种香而软的质感复现了："我从圆锥的底部往上看／我看到几只玻璃瓶静立在那里／美丽的女郎站在它们旁边／用柔和的灯光擦洗身子／最隐蔽处／两只雄蟹轻嗑瓜子／急速地吐皮／喷烟／从最隐蔽处往外窥视"（《咖啡馆里》）。他或许受到波德莱尔的影响。早在 1983 年，《夏雨岛》第四期就通过石达平的论文《李贺与波德莱尔的诗歌》披露了钱春绮先生翻译，尚未结集出版的波氏诗歌片段。

诗歌成为某种生活方式在夏雨诗人的交往中留下了不少趣闻，那是一个诗歌和友谊的话题，混合着机趣、荒唐、幻想和空虚，似乎证明了王尔德的理念：生活是对艺术的模仿。谁有才华谁就可能成为我的朋友，不管他有多邋遢、多不懂世故。愿意"在龌龊场龌龊个够"（奥登语）是个人的事，但写诗需要天赋，也需要同伴的刺激、竞争和反馈，在这件事情上我们都是严肃的。我们的盲流风（或波希米亚风）后来传染给了更年轻的一代。我可以开出一列长长的名字，这里只能从略。"诗可以群"，"诗人皆兄弟姐妹"，我们的自我教育若没有诗歌将会怎样呢？或者说诗歌没有整体文化的宽容能否自然生长？能否转化为全社会的财富？原创性的危机正是全社会的危机，不是别的。

在夏雨诗社存在的十一年（1982—1993）里，陆续自印出刊《夏雨岛》十五期、《归宿》四期、《盲流》一期，编有诗选《蔚蓝的我们》和《再生》（原名《寂灭》），诗人自印的个人集不包括其中。这个清单大体可以体现历届诗社成员的集体劳动，我主观地希望，"复活"后的新夏雨诗社的年轻一代愿意视之为一笔小小的精神遗产。迄今为止，夏雨诗社为当代诗坛贡献了几位有分量的诗人，从这个"流动的飨宴"出来后，他们没有放弃写作，没有被流俗的漩涡裹挟，尤其是社会向市场经济转型所造成的人文领域巨大的落差没有夺走他们捍卫诗歌的勇气，这些都成就了汉语的光荣。

三

夏雨诗社在 1993 年停办是有象征性的，20 世纪 80 年代的金黄已远逝，接下来是碎镜里的水银。客观性、现实感、稳定和细微的经验叙事代替了单纯抒情。诗人应该建立起什么样的信念成为一个需要迫切面对的问题。最后几批在校的夏雨诗人，如旺秀才丹、马利军、陆晓东、余弦、周熙、陈喆、江南春、丁勇等都在写作中寻找精神突围的可能性。历史大事件、真实的而非想象的死亡拷问着良知，尽管诗篇还不足以承载现实的重负，"诗人何为"的意识似乎已经觉醒。

一些已经毕业或离校的诗人各自经历着写作中的孤独净化，以某种向心灵城邦致敬的方式相互呼应。马铃薯兄弟（于奎潮）的《6 月某日》写得克制，诗中的观察者对自己把肉眼看到的、擦过天空的鸽子"当作欢欣的事情"感到自责：

生命匆忙
像造机器一样
造爱

只有这些生灵

在天上不安

一个闲人在窗前

无言

　　意识到言说的困难既来自外部也来自内部，写作的策略必须及时调整。20 世纪 80 年代中后期夏雨诗风中最显著的自渎性的身体反叛，与西方后现代主义的出发点不谋而合，根据伊格尔顿的观点，"身体变成了后现代思想关注最多的事物之一"（《后现代主义的幻象》）。1989 年以后，虽然娱乐业兴盛，身体却失去了狂欢性，像被动句式代替了主动句式一般，"一个含糊不清的客体塞进了肉体的客体"（同上）。"造爱"也沦落为与爱欲无关的机械制作过程，在此类伪装的陈述中，某种寓言结构和新的含混出现了。在黑暗中守灵的形象在张文质的诗中一直若隐若现，历史哀悼与个体危机的救赎主题相交织，使他的咏叹时断时续，凄婉的声调中跃出某个句子，令人猝不及防。《已经两天，我等待着在我的笔端出现一个字》这首诗就传递了转型期的苦闷、无助和寻求信仰的隐秘心迹：

今夜我在一个古怪的梦中，看见断头台落下来的刀片在离自己脖子仅有三寸的滑道上卡住了。又一次我听见生命的低语，宽大的芭蕉叶静静地翻卷起来。

这里我们既可听见卡夫卡，也可听见荷尔德林的回声，它将"哪里有危险，拯救也在哪里发生"以卡夫卡的方式隐喻化了。任何人都没有权利对一个梦强行索解，何况"断头台"与"芭蕉叶"在现实中根本就难以并置。诗中主体的坠落感还可从"必须有一个字撑住不断下陷的房屋"获得，诗人强烈地感受到写作与现实、词与物、灵魂与肉体的脱节。个人价值观与时代的总体趋向不可通约甚至相抵牾，区隔不可避免地发生了，写作只有在质疑中才有可能重获意义，此时除了终极事物，没有别的可参照的文本。"必须有一个字"成为安顿一切的基础，否则精神就无所凭依。从形式游戏向内心生活的还原是一个严肃而艰难的抢救工程，文本的殊异性造成阅读的不适和晕眩感，有时是隐微技艺使然，有时则是经验读者处于同陌生语境绝缘的状态。

吕约的诗往往运用中性词汇和精巧的反讽处理严肃的题材，她似乎不喜柔弱，偏爱尖锐而智性的幽默。《诗歌不知道自己已经死了》将一场"诗歌国葬"安排在高尔夫球场，为了制造出一种间离效果：

> 葬礼上，一个孩子发现它的眼睛还在眼皮下转动
> 但它捐出了自己的眼角膜
> 所以它将永远看不见自己的死亡

你可能会将这首诗的构思与从"上帝死了"到"作者死了"那个语义链联系起来，但我觉得它的形式更接近卡夫卡寓言。诗歌并没有死，它只是成了双重的盲人。

了解真相的人，因不能说出而受苦，这与那些将诗歌当作生活调料或故作轻松的态度是多么不同，而与市侩则有着天壤之别。我想再次引用薇依的话："我们的现实生活四分之三以上是由想象和虚构组成的。同善与恶的实际接触寥寥可数"（《重负与神恩》）。正因如此，大多数人的沉默是可以得到宽恕的，唯独诗人在关键时刻对真诚的背叛应视为可耻。

诗中的"我"并非现实中的真实受难者肖像，而是高于自我的另一个。他被孤独无助的人们所注视，他或是本雅明的历史天使，或是传说中的得道神仙，或是终

极者，你可以用想象去延伸和补充，只要不是出于谵妄就行。但或许最重要的、值得我们铭记的事情是：有一个可将"真实的秘密"相交托的"讲故事的人"，那故事如鲁迅所希望，将是一个"好的故事"，因为"发生的一切都将是神的赐予"（荷尔德林）。

宋琳
2018 年

目录

辑一

你在飞机上哭泣

辑三

欢爱时闭上的眼睛

辑四

坐着

辑五

炸弹漫游

辑六

诗论

辑一

你在飞机上哭泣

你在飞机上哭泣

法兰克福回北京的空客 380 上
灯，山间磷火一朵一朵熄灭
失眠者开始与座椅靠背搏斗
你靠向我左肩
无声哭泣
脖子上一滴久违的眼泪
让我背脊着火

为了茫茫大地上某个
不比尘埃更大
迟早有一死的男人
你像叙利亚儿童一样流泪

惭愧，我安慰人的本领
像地球政治一样丝毫没有进步

邻座的金发姑娘戴上黑眼罩
在他人的哀伤或失态前
及时转过脸去
这是新文明的起点

屏幕显示飞行高度 11500m
前方乌兰巴托
飞机没有因为一滴眼泪
重量超载而坠入大海
钢铁天使穿过迷雾平静前行
带着坚不可摧的使命
要将每个人送回
离不开他的大地

2018 年 2 月 27 日

4

驳奥登

"太孩子气了，"你敲敲我们的头说
"诗人要么长年孤独，要么青春早逝"

——不！我不会死得那么快
也不会在孤独中变态

为了粉碎你的严酷咒语
要投入整整一生，还要押上
从死神那里偷来的宝贵时光

2018 年 3 月 10 日

在胜利女神像前

在死神纵声大笑，众神袖手旁观的战场上
一道白光轻盈掠过，让垂死者精神一振

只有翅膀没有核武器的胜利女神
事已至此，你靠什么获胜？
我们这些即将在失败中彻底休息的人
凭什么相信你？

吹动死者发梢的微风，把她的回答送到
你耳边：没有别的——我只能依靠
你们内心最深处对美，爱，对生命
和再生的不绝渴求——只要它还没有
在你们昏昏欲睡的眼睛里彻底死灭

2018 年三八妇女节

卡瓦菲斯，你怕什么？

"不要像懦夫一样害怕自己的激情"
回忆起二十年前小旅馆里发生的事情，
他对自己，对因为恐惧
而悔恨的恋人们说。

是，他害怕过，像凡人一样——
他坦然承认。现在，他感谢它，
那从血管流到笔尖的
"不洁"的激情，
也为自己敢于承认它感到自豪。

在更冒险的事情上，他表现得更自然。
他从来没有说过："不要像懦夫一样
害怕自己的智慧"，因为
他从未害怕过它——他是希腊人。

晚年，对于自己像追求美少年那样
追求智慧，敢于在黑暗中
运用智慧，而不以它来猎取声名，
他丝毫也不感到悔恨，或自豪。

2017 年 12 月 23 日

火星有水

每当我们为本星球的事情
吵得最厉害的时候
失踪已久的外星探测器
就传来好消息
藏在一张模糊的照片里

看，照片上有直线，曲线
阴影和几个黑点

"火星有水——可能"
盯着阴影和黑点无数日夜后
最乐观的科学家终于抬起头
轻声说

此刻，三分之二被水覆盖的蓝色星球

像着了火

那些最性急的蓝色星球居民
已经上路
他们沿着一道曲线
奔向照片中那个黑点
像鲑鱼洄游一样
回到老家
产卵

性子慢一点的
正在和妻子商量卖掉房产

只有那些最冷静的家伙
认为还不到时候
他们洗手时把水拧得更大
继续欢快地争吵

2015 年 10 月 19 日

10

教皇辞职

与穿牛仔裤的魔鬼

搏斗太久

第 265 任罗马教皇

脱下白色长袍

脱下红鞋子

将辞职报告

留在办公桌上

把天国的圆钥匙

压在上面

推开门

独自回家

手在口袋里紧紧攥住

家门钥匙

2015 年 10 月 18 日

老人对他的轮椅说

走
上医院

好孩子
真聪明

拐弯，傻瓜
拐弯

慢点，傻瓜，
慢点，别碾着小狗

停，停，坏蛋
你想上哪儿去？

这儿有太阳，还有花
咱们睡一会儿，乖

刮风了，回家吧，乖
咱们回家

2015 年 10 月 19 日

头顶的声音

寒风赶走笼罩三天的雾霾
还有呼吸的人又充满希望
我也难得起个大早
虔诚地坐在桌子前
用几根手指头装修我的诗
修修补补，敲敲打打
这里安扇门，那里装扇窗
最难的是筑起一道承重墙

我的工程进行到一半
头顶传来
实实在在的装修电钻声
这持续不断的旋律
像魔鬼钻进耳朵唱歌
震碎了我的门和窗

还有那道刚砌一块砖的承重墙

我无法剥夺邻居神圣的权利
更不能责怪噪音与尘灰中
无声劳作的农民工
只能怪自己的工程不堪一击

逃到门外的西伯利亚寒风中
我忽然理解了那些不幸的读者
他们偶然撞上我们折磨人的诗
是不是就像我听到头顶的装修电钻声

2015 年 11 月 1 日

激进疗法

医生终于开口了："你选择
保守疗法，还是激进疗法？"
在黑暗中独自拍板的时刻
提前到来了

绿门打开，主持激进疗法的
机器人天使
摘下手套，粉红手指
撩开白纱帘
朝我眨眨眼：进来
脱鞋
脱衣服
躺下——

对，记起来了，我最后听到的

声音是："一次，就一次——
如果这次没死
你就会活下去永远不死"

2018 年 2 月 26 日

诗歌不知道自己已经死了

诗歌不知道自己已经死了

在一千个洞的高尔夫球场上为它举行了国葬

眼皮上撒上花瓣，花瓣上洒上几滴眼泪

一滴来自希腊人，一滴来自印第安人

一滴来自海豹

墓志铭由拉丁文和甲骨文写成

所有长着两条腿的人都看到它终于死了

身穿黑色和金色织成的寿衣

嘴角似笑非笑

草履虫活着，蜥蜴活着，蝴蝶活着

所有爬行和飞行的东西都活着

恐龙正和小学生一起去动物园春游

挺着喝饱了奶的小肚子

教皇活着，正坐飞机去非洲

非洲活着

第九代机器人也将活着

诗歌不知道自己已经死了

它梦见自己带着所有的死者，孩子和孕妇

在天堂跳伞

在地狱发射火箭

在第三世界的大街上穿着防弹背心跑马拉松

葬礼上，一个孩子发现它的眼睛还在眼皮下转动

但它捐出了自己的眼角膜

所以它将永远看不见自己的死亡

2007 年 10 月 14 日

诗人同时发射出三种词语

诗人踩在两个世界的国境线上
同时发射出三种词语
进入三个轨道
一个在半空中悬浮，与地面世界平行
一个在高空飞行，不断冲破万有引力
还要留下一个紧贴地面，被重力吸引，与死亡结伴

在半空中的，翻了个身，背对着地面世界
倾听着空气中各种声音的回响
飞翔到高空的，俯瞰着半空和地面
以闪电的形式发布预言

留在地面的词语
不时与地面发生冲突
冲突最激烈的时候，它们以绝望做燃料

突然腾空而起，撞向地面，砸出一个大坑

它们的尸体

让词语的死亡之谷

又增加了一毫米

那些在高空飞行的

带着同伴的灵魂继续飞行

2009 年 2 月 1 日

成为野蛮人

昨天的胜利者
把我拖到操场中央
旗帜升起，而我的脚在地上生了根
无法跟着它一起升起

他们的继任者，那些被未来宠坏了的人
在电视上朗诵未来写给他们的情书
在香气扑鼻的市场上
掏出我不认识的货币

只有那些在黑暗中找到了家的
微不足道的人，也许是我的同类
请我坐下，坐在他们
用绝望和希望钉成的长凳上

他们闭上眼睛，语言就流了出来

他们将手放在胸前，语言就流了出来

他们用梦中发明的语言祈祷，也许是在为我的无知祈祷

而我还在等待我的词出生

2010 年 11 月 30 日

血缘鉴定

散步路上的一棵树
异国回来的姐妹，我想抱抱它
它往后退了一步

上帝派乞丐来给我们发压岁钱
高傲拒绝——"我是你生的吗？"

在我们的影响下，父母也不再深信不疑
回家敲门，先递上出生证明

好吧我们都谨慎，在谨慎这一点上我们如此相似
如果没有血缘关系那就是有人在捣乱

好吧做一次血缘鉴定吧就一次
我们同时交出一滴血

一根睫毛，一片指甲或看不见的圣物
坐在各自的小板凳上，等待检测结果
板着脸

过了夜里 12 点，如果还没有消息
我们跺跺脚，拍拍翅膀
就可以摆脱彼此
继续前行了

2013 年 2 月 15 日

一个婴儿出门的时候

一个婴儿出门的时候，
世界从来没有做好准备。
它手忙脚乱，熄灭炮火，降下国旗，
修改宪法，撕毁欠条，
关上电视，打开笼子，
背上旅行包，
锁上门。
一个婴儿出门的时候，
世界想跟着他一起出门。

2008 年 5 月 12 日

春天来了，你在忙什么？

有人在开会
　　好忘了自己
　　　　又让别人更害怕他

有人在开花
　　好忘了别人
　　　　又让别人忘不了他

2018 年 2 月 26 日

春天的法律

每个人开一朵花
长一根刺
这很公平

谁要是躲在角落里
只顾开花
不长刺
或者只长毒刺
不开一朵花
连粉红色的花都不开
他得站出来向我们赔礼道歉
这样才能避免流血
避免花钱

2007 年 3 月 15 日

再来一次

第一次开的花儿
红着脸对自己说：再来一次——
好，今年我们又看到它了

再来一次，太阳每天鼓励自己
至今没有厌倦
打着哈欠退出游戏的万物
狗，蝴蝶，鸡蛋火山爱因斯坦
还有妈妈
都成不了太阳

阳光下，被举到空中的孩子
咯咯笑着
再来一次再来一次再来

——停！我们制止自己

拉响警报

2013 年 2 月 15 日

辑二

叹息国

外公的诊所

轮到我们回忆了吗？
好，如果您不怕浪费时间，
请耐着性子听。

小时候，在湖北乡下一个小村子，
我像夏天的麻雀一样无忧无虑。
爸爸走了，棉鞋破了，没有肉吃，
攒的五分钱丢了——转眼就忘了。
我有外婆，外婆有外公。
打雷的时候，外公把我搂在怀里，
命令外婆坐到他身边。
骨瘦如柴的外公就像一个巨人。

土墙上的"抓革命促生产"还没褪色，
石灰又刷上了"实现四个现代化"。

摘下反革命帽子不久，腰才伸直一半的外公
要在爬进棺材之前完成一件事，
一件耽搁了半辈子的事。
那天夜里，外公和外婆在油灯下低声商量什么，
我睡着了，梦见在王母娘娘家里玩。
就在这时，七十五岁的老人下了冒险的决心。

在扛锄头农民和洗衣农妇的大声耳语中，
外公的诊所悄悄开张了，
就在厨房后的柴房，灶神的领地，
孕育华夏民族无数奇迹的摇篮。
田螺姑娘变出一张桌子，两条凳子，
笔，处方，针筒，刀片，纱布，药棉，
草药，膏药，药丸，药片，红粉，冰片，
墙上挂着可怕的穿山甲皮和黑色老灵芝。
医生提起毛笔，为自己写了一副护身符：
"晚年惟好静，万事不关心"
生产队长和大队书记一前一后来了，
嘴巴动了动，没有溜出什么口号。

菩萨派来了第一个病人，浑身是血，
割柴时从山上滚下来撞上石头。
天黑时，五里外的镇上送来一个，
躺在门板上像死了，老婆孩子哭哭啼啼。
白头医生不慌不忙，身手敏捷，
年轻时在炮火中做手术的随军医生复活了，
二十年来担惊受怕的日夜，瞬间忘个干净。

"酒精！""纱布！""刀片！""水！"
外婆轻快地移动小脚，就像小时候
给名震蕲黄广三县的父亲"瀛洲先生"当护士一样，
医生女儿的天赋复活了，
顶着"地主小姐"和"反革命家属"的桂冠，
二十年来担惊受怕的日夜，瞬间忘个干净。

我呢？什么也没忘，什么都想记住。
病人一进门，我就像过节，
"昨天夜里，我在山上……"
他们诉说病情就像讲故事，
聊斋小人书哪有这么传神又亲切？

我们山上河边的鬼怪精灵有多捣蛋，
医生就有多忙碌。
"你家的猪多少斤了？"医生问，
刀子藏在背后。

毒包——烈日送给农夫和顽童的礼物，
乡村医生的顽敌，头上危险，
颈上可怕，藏在腰间更要命。
白喉——一夜之间偷走孩子的呼吸，
让山上新添一个羞涩的小坟。
麻疹，疟疾，脑膜炎，肺结核，
狗咬，蛇咬，蚂蟥叮，马蜂蛰，
溺水的孩子，喝农药的农妇。
他们呻吟的时候，我也眼泪汪汪。
我曾为缓解人世的痛苦做了最小的贡献：
往端给他们的水里加一块冰糖。

端午节后，冬瓜山的一个农民
背来了不会走路的九岁儿子。
我记住了这个怪词：小儿麻痹症。

"白血病"闻所未闻的年代，

它让多少家庭倾家荡产，

再把寸步难行的孩子送进棺材。

头一次，我看到外公摇头——孩子父亲下跪。

请出藏在阁楼上的秘密武器，祖传的针灸药箱。

微微颤抖的皮包骨的小身子上，针和火

开始了小心翼翼，胆大妄为的探索，

医生额头的汗滴在淡紫色的火苗上。

半年以后，父亲带着开始走路的孩子来磕头。

新的更可怕的病人，让我慢慢忘了这个同龄人。

有一年过年，门口出现一个穿军装的漂亮小伙子，

跪下磕头拜年——是他。

他提来一只鸡，那是我吃过的最香的鸡。

病人们又接着活下去，活蹦乱跳，唉声叹气。

年迈的医生躺倒了，哮喘复发，再也没有起来。

世世代代的华佗们治不了自己的病，

合情合理的结局。

再也不用被三更半夜的叩门声惊醒，

再也不用扶着病体背着药箱走在出诊的路上，

再也不用拄着拐杖站在山头眺望儿孙的身影。
别了，医治不完的古老的疾病，
容易遗忘的人世的痛苦。

村头土地庙里，立起牌位"游公先德大人"
痴情的农妇们烧香磕头，要求他赶走病魔，
又对健忘的儿孙讲起惊险的往事。
很久很久以后，我带着好奇的孩子回到故乡，
听说外公当上了这里的土地老儿。
"妈妈，怎么回事？"
没办法，故事又得重新讲一遍。

2015 年 11 月 21 日

叹息国

从前地球的东边有个国家，
那儿的人民有一个脑袋，两条腿。
他们发明了世界上最美的语言，
想说心里话却只能发出没词的声音。

不，他们不是哑巴，也不是幸福的聋子，
皇帝虽然威严，却没有割掉他们的舌头。
该说话的时候他们会张开嘴巴，
只在关键时候把话吞回肚子，吐出一口气。

有人记得，他们的祖先有说有笑，热爱辩论，
辩论时滔滔不绝，老天爷都插不了嘴。
谁也记不清，到底从什么时候起，为了什么，
有人发出第一声震撼人心的叹息——
他们突然停止辩论，迷上了新的游戏。

出生时不哭也不笑，只是叹一口气，
睡觉前叹一口气，睡醒后再叹一口气。
婚礼上，围着新娘叹息一声表示祝福，
葬礼上，叹息一声再把死者忘记。
紧闭的嘴里传出深沉的叹息。

自从发现最美妙的语言是叹息，
智慧的民族就停止了废话。
世间万事都是命定，何必吵吵闹闹？
只有叹息才能让自己和别人安宁，
只有叹息才能给人世间带来和平。

说话需要学习，说错了还要付出代价，
还是叹息轻松，自然而然又安全，
我没有说话，也没有彻底闭嘴，
不用提问就已回答，不用倾诉就已理解，
叹息是变成气的语言。

对着月亮叹息，是在表达爱情，
月亮也只对着他们叹息。

跪在地上叹息，是在祈祷，
神灵也用叹息回答他们。

从此告别搏斗和战争，野蛮人的游戏，
谁希望在擂鼓声里唉声叹气？
"傻瓜才打仗，打仗还不如坐牢！"
牢房里更适合无忧无虑地叹息。

爷爷望着孙子叹息，孙子望着爷爷叹息，
狗呢？狗忘了吠叫，学会了默默叹息。
老天爷保佑我们好好活着，还能不时发出叹息，
不要剥夺善良的人们叹息的权利。

代代相传的最深刻的道理，感人的心声，
不管是舌头吐出来的，还是笔尖流出来的，
最后都以叹息结束，洞悉一切又无可奈何的叹息。
每个人的叹息，混合成一团巨大的叹息，
笼罩在他们的头顶和心底。

不，叹息并不单调，音乐哪有它微妙？

好和坏，对和错，喜和忧，爱和恨，
应有尽有，融化成一团混沌。
绝望里藏着希望，希望里来点绝望，
最伟大的叹息变化无穷。

每声叹息都蕴藏着特殊的意义，
只有傻瓜才觉得听上去一模一样。
竖起耳朵仔细听，聪明人一听就明白，
听明白后就只能跟着它一起叹息。

桃花开的时候，像酿酒一样酝酿叹息，
双腿盘坐，双眼紧闭双唇紧闭，
无数词儿像米粒在胸中发酵，
喉咙里涌动又苦又甜的醇厚气息。

比叹息更醉人的唯有叹息后的寂静，
叹息后的寂静里隐约传来更悠久的叹息，
猫竖起耳朵，老鼠不敢吱声，
妖魔鬼怪也满怀惆怅地侧耳倾听。

月亮最圆的时候举行叹息比赛，
看谁能用最少的语言表达最长的叹息。
获胜的人被称为诗人，他们注定命运不济，
为了替全民族创造流传百世的叹息。

画家画出他的叹息，用山水，用云烟，
音乐家奏出他的叹息，用五弦，用琵琶，
将军在决战前夜像诗人一样用笔写下叹息。
多情的皇帝深深感动，签完死刑命令后，
他在重重帷幕里发出无声的叹息。

为全天下叹息忘了自己的叫做圣人，
他对着河水发出深远又无奈，无奈又深远的叹息，
河水又用这声叹息这声魔咒哺育一代代子孙。
躲得最远的是那位无名的老人，为了摆脱这一切，
他正在练习变成婴儿回到叹息之前。

叹息国的敌国是野蛮的咆哮国，
那里的一切正好相反，那里的一切都充满错误。
错就错在什么都想说个明白，只好咆哮，咆哮，

叹息国的人民只能捂着耳朵为他们深深叹息。

那些只会吵吵嚷嚷的民族，管不住自己嘴巴的民族，
以为什么都能说个明白的民族，
说完就要行动的民族，至今没有开窍的民族，
怎么能指望他们理解世界上最深沉的民族？

唉，不幸的是，来了一场大火，
这个最迷人的国度从地球上消失了，
带着它的皇帝，大臣，它的圣人和诗人
它的爷爷，孙子和小狗……
到另一个世界传播他们可爱的声音

只有一只鹦鹉从火里飞出来了，
对着没有主人的世界生气，
突然抖了抖烧焦的羽毛，
用学来的音调发出传神的叹息。

唉，这首诗也只是一声短短的叹息。
收到为纪念他们而写的这首诗，

他们决不会夸我，也懒得谴责我，
只是叹息一声，再叹息一声，
告诉我什么才是真正的叹息。

2015 年 11 月 8 日

屈原的脚

辩论结束
大脑和嘴巴停止操劳
流放开始——让脚走向
与心相反的方向

对于他的脚
所有的道路都不够洁净
对于他脚趾间的尘土，所有的水
都不够洁净

楚国没有沙漠，只有混着牛粪的泥泞
无法光脚行走，欣赏自己的脚印
没有大海，无法躺在岸边彻底放弃行走
这里只有数不尽的水井水田，池塘小溪
小河，大河，小湖，大湖

女神爱过又抛弃的布满镜子的土地
女神爱过又抛弃的人
随时可以停下来
照镜子，洗脚
洗脚，照镜子

最后是江——消失已久的女巨人
照镜子和洗脚的地方
他只为她写过情诗

停下来，在岸边停一会儿
解开裹脚布或马丁靴
拔出脚心里的刺
此刻，脚变成了他的心

时辰到了，最后一个问题
不再问天，天早就累了
就问问路上遇见的第一个
无忧无虑的普通人吧

"你为什么不……"
永远正确的渔父
粗大的黑脚泡在水中
瞟了一眼岸上
那双枯瘦的白脚
开始嘲笑他，粉碎他，解救他

现在他在水里过得很好
没有脚的鱼儿
每天早上亲吻他的脚
那些还在尘土里奔走
脚上有刺的人
总是在夜里脚疼的时候
亲吻他在纸上留下的脚印

2017 年 12 月 9 日

楚襄王

只有襄王忆梦中。

——李商隐

厌倦了，厌倦了你们这些
变来变去，变化有限的固体女人
娇嫩的成熟的，顺从的狂野的肉体
穿霓裳羽衣的，穿牛仔裤的
狐狸精和性爱机器人
统统厌倦了

厌倦了，去年攻占的城池，即将上市的公司
世界领袖大会的金色入场券，统统厌倦了

"请你暂停！"——消逝了
那团变幻不定

有手有翅膀

有光有呼吸

无法占有，无法摆脱的云雾……

梦醒了，只有左手手心

攥着一滴紫色水珠

天亮了，农夫，将军和快递员

迅速投入各自的战斗

大臣们打着哈欠等待命令

"她最后那个眼神在说什么？"

他闭着眼睛，边回忆边提问

边提问边回忆……

最聪明的对话者也沉默了

进攻的脚步声越来越近

天亮了，人们像老鼠挣脱老鼠夹

纷纷逃离昨夜的梦

再用力把孩子从梦里拽出来——

怎么能允许幸福的源泉在现实之外出现？

在这个禁止醒来说梦的务实国度，只有他

一意孤行，把自己反锁在梦里
拒绝那些梦的反对派和怀疑者
提供的救援。他从未哭过
却为人们丧失了对梦的记忆和渴望而哭

就这样，他成了一个没有作品只有笑柄的
艺术家，被一代代现实主义者嘲笑的反面教材
此刻，他正缠着我讨论他刚做的一个梦
我也跟他说了我的

2018 年 3 月 9 日

烧香

好了，闭嘴
把没有说完的话
传给性急的火苗，再传给
比地上一切
更有耐心的烟
让烟把我们说不出来的话
通过只有它才能打通的渠道
一直送到
高高在上的
鼻子边
让他嗅我们的心
画像上他有一千只一万只
能听能说能嗅的眼睛
我们，只有一张嘴巴的老实人
却更相信他的鼻子

唯一的

鼻子

2015 年 10 月 23 日

老子

从不握手
也不鼓掌
是不是他掌心
有一根刺

大力士，元帅，超人
没有一个
能拔出这根刺
智多星，脱口秀主持人
失败后
面对河水叹息
他不提供安慰

最后一个善良的人
离开他了

因为他从不提供安慰
又不是哑巴

孩子们，谁能走过去
安慰他？

2013 年 3 月 14 日

古代科技馆

周朝的新式耕犁耕着宋代的书页
造纸的宦官气宇轩昂，满面春色
浑天仪没有监测到朝鲜的人造卫星
地动仪也没有预示梦中的地震

纺车上村姑的布织到一半，突然变成蜡像
她的指甲透明得像一个周末玩手工的皇后
透明得像新发现的名贵药材
她不会造船，不会采矿，不会自制热气球升天
不会组装皇帝发明的铜车
孩子们对她不屑一顾

三百平米的展厅应有尽有，但还是消除不了饥饿
孩子们吃着热狗，在铜镜中跑来跑去
急着寻找有史以来最好玩的刑具

他们没有失望，他们找到了
他们推举一个身体最好的代表上去试用一下

最伟大的发明家也没有失望
事实证明，他的作品经受住了时间的考验
成功地夹住了
在宇宙飞船中出生的孩子们的尾巴
而且没有留下血迹

2006 年 11 月 20 日

给爸爸六十八岁生日

爸，爸爸，老爹，老头儿
脚步坚定，眼神柔和
你终于完美了
不表态，不梦游，不吃补药
环绕你的空气也终于完美

七岁成为孤儿
三十岁前戒掉孤儿的一切恶习
不说脏话、胡话
软弱的时候关上门数钱
向往钞票上的山水
五十岁，拔掉政治的针头
也不照宗教的 X 光
接受紫色之外的一切颜色

去年，及时识破我让你写回忆录的阴谋
你反对揭穿任何人的秘密
反对站在地势高的地方
挥舞拳头

昨天，你赤手空拳
打死一头身披紫色的野猪
因为它守在我将经过的路上，在梦中

2007 年 10 月 17 日

父亲

当我说到这个词：父亲
背脊上同时涌起两股电流

当我说：他是强大的，他变得弱小
当我说：他老了，他变得
比我还年轻，有足够的血液和牙齿
喜欢无缘无故地鼓掌，适当的时候
还会兴致勃勃地提议：来场游戏！

莫非他想让父与子这一古老的关系
重新活跃起来？

他把他森严的卧室兼工作室改装成
游戏室的模样，点缀一些气球，解除它的魔力。
他拉开灰白色夹克衫的拉链，露出 T 恤衫的鲜红领子。

他甚至摘下眼镜。

他的每一条皱纹都在恳求说：来吧……样子几乎有点
胆怯，仿佛事情并不取决于他。

总是这样，他的每一个决定，起初都像年轻姑娘一样胆怯
试探着，摸索着，一旦发觉障碍实际上并不存在
便迅速像堕落的姑娘一样变得肆无忌惮。

他消耗我的脂肪。
他吞噬我的钉子。
他宣告我的卑贱。
而我已分不清：以上究竟是他实际所为
还是像他所说的那样——仅仅出自我的想象？

当我在这个巨大机构的走廊与一扇扇门之间，摸索着，
试探着转动门把手，黑暗中它闪着微光，

门背后一声咳嗽——犹如被电流击中，
犹如一只试图翻越门槛的耗子，由于震颤和狂喜，
几乎不能动弹：那是父亲的仁慈

父亲的召唤！
而我的大胆
是得到允许的大胆

1996 年

四年很长，一生很短

—— 为重聚而作，献给离别多年的
大学同学

一

第一天，你是睡在上铺的陌生人，

第二天，你是带我找教室的向导，

第三天，你是草地上唱歌的美妙声音，

第四天，你是夜晚散步时忠实的影子。

第五天，我们吵了一架，不知为什么。

第六天，你向我透露你的爱情秘密，我说了什么？

你是离别后收到的第一封信——第七天。

此后的日子，都是第七天的延续。

我记得你说话的口吻，你倾斜的字迹，

我记不清你的样子，梦里看到的样子。

一场更大的梦——我们叫它时间——

你变了。

你没变。

二

一舍，八舍

106, 107，315, 316

记忆的密码，不可更改的数字。

彻夜长谈的人，不是兄弟姐妹，是另一个自己。

我们就像恋人一样不能分离，

结伴游历的照片，何时何地？

假期寄来的书信，写了什么？

文史楼，老图书馆

理性的声音，启蒙的火种

让我们在时代的晦暗中

远离昏昧，喧嚣中保持听觉。

散步的小路，通往海德格尔的林中路，

在未来的灰暗日子，带领我们返回存在的诗意。

在这里我爱过你，那时爱情还纯洁和神秘。
我没有爱过你，那是另一种神秘。
河流是沉默的导师，在它身边
我们一边学习爱，一边学习分离。

三

四年很短，
一生很长。

四年很长，
一生很短。

重逢
让四年更长
一生更短。

孩子们惊奇：
我们一见面
就变成了孩子。

2013 年 7 月 25 日

辑三

欢爱时闭上的眼睛

欢爱时闭上的眼睛

欢爱时闭上的眼睛

在仇恨中睁开了

再也不肯闭上

盯着爱情没有看见的东西

欢爱时的高声咒骂

变成了真正的诅咒

去死吧，去死吧

直到死像鹦鹉一样应和

喊着爱情没有宽恕的名字

2008 年 6 月 11 日

乖

别哭——乖！
我的小乖乖，
我没有别的只有你。

别跑，乖
我的小兔子，
要知道你没有腿。

别喊，乖
我的小疯子，
大家都知道你已喝醉。

别做梦，乖
我的小傻瓜，
梦里带你飞的都是魔鬼。

别活，乖
最乖的快过来排成一队。

乖不乖？乖不乖？
我的小心肝小宝贝。

2013 年 7 月 16 日

女人大笑时

不该哭的都哭完了
最值得哀悼的
还没出现
我们笑得越来越多
独自微笑，切菜的蒙娜丽莎
两个人坐在路边大笑
为某个
不会导致地球毁灭的错误

你在笑我吗？狗跟着笑
用尾巴，用喷嚏
仿佛其他的狗都默默投了它的票
害怕变小变轻的男巨人们
赶紧从安全出口逃走
——大笑，得留到胜利时使用

什么你们在笑什么？
只有那些不怕变轻的
渴望加入

停下来休息的时候
我们才听到
一种细细的声音
从脚底下传来，像弃婴
被笑声赶走的那些
以叹息为食的幽灵
正在那里祈祷
祈祷能够尽快回到我们身边
好好照顾我们

2013 年 10 月 8 日

女织

"九岁我迷上织毛线"
——噢我也是！课桌底下
竹筷子和偷拆的毛线在忙碌
窗外田野里，农民在织水稻

玩弹弓的男孩子
打仗去了，在各种战场
喝酒演说，走着直线
干完那些微不足道的活儿
我们回到自己的小凳子上
只能坐一个人的
莲花宝座上
掏出从小珍藏的针和线
睁着眼睛
睡在自己做梦的手上

在演说台下打瞌睡，摸出针和线

在产房门口排队，抓住针和线

变成针和线

在尚未结束的难民营夜里

手不停大脑和大海才能停下来

手不停黑人冠军的脚也追不上你的手

手不停直到一只手从后面抓住你的手

你梦游的手所走的路

正在变成

无法用脚追踪的花纹

2013 年 8 月 9 日

丈夫的问题

你的小脑袋
成天想什么
丈夫问妻子
可爱的丈夫问
可爱可怕的妻子

问穿针的妻子
问上网的妻子
问山洞里的妻子
问飞机上的妻子

你的小脑袋
成天想什么

问一到下午就烦躁不安

星期一咳嗽

星期三丢了钱包的

那个女人

问做错了题，跟不上队伍

被点名出列

被门打发到门外取暖的

那个女人

你的小脑袋

成天想什么

丈夫相信

温柔的丈夫都是这样问的

喋喋不休的，一声不吭的

睡不着的，醒不过来的

都要问一问

想为愚蠢的人类生下一个天才的

要问一问

连天才都不想生的女人
更得问一问

危险来临时
闭着眼睛面带微笑的女人
需要审问

你的小脑袋
成天想什么

丈夫相信
聪明的妻子都知道怎么回答

2010 年 11 月 30 日

儿童节的代价

好爸爸犹豫一夜
终于决定停战一天
撤走包围会议室和谈判桌的装甲兵
藏起图章，撤回诉状，推倒秘书，降下战旗
撕毁一份 20 万以下的合同
他相信只有带点血的牺牲
才能让他重新长出
这一天所需要的蹄子和翅膀

他驮着越长越不像的儿子
爬上一匹红色的旋转木马
在海洋馆找到了水源，在迷宫里出汗
与鹦鹉相视大笑，在老虎的注视下舔冰淇淋
还像蛇一样在滑梯上转出了 S 形

结束前最后一分钟
父子俩在游泳池里比赛撒尿
在浑浊的羊水里
重新结为双胞胎
妈妈在岸边张开腿骄傲地等待

2006 年 5 月 30 日

伴侣

午后，我和一个瘸子
走在雪中

为了表示对他的尊敬
我请他先行一步

为了和他步调一致
我一瘸一拐

为什么
他动手揍我？

一个戴红手套的警察跑过来
用警棍一戳
我的左腿化为乌有

瘸子扶住了我

我们继续赶路

为了表示对好天气的尊敬

他请我先行一步

2006 年 8 月 30 日

爱

花家胡同 17 号院
66 岁的大爷举起菜刀
杀了 63 岁的妻子
报纸头版上
他背对法官，读者和关帝爷
腼腆地说
"其实，我爱她……"
我们顿时理解了他
其实……
我们爱上了他

法官大人，请放心
在罪犯被处决之前
我们死也不会让他知道
其实我们

爱过他

请理解，我们的人都很害羞
只有见到尸体
才敢掏出
珍藏了一辈子的
此生最像样的东西

2007 年 5 月 31 日

保钓运动

想当年两小无猜
我爱你的野蛮
你爱我的优雅
优雅就是
一块骨头要啃半炷香光景

如今香已烧完
你我上了战场
什么都保不住啦
你深谋远虑，保不住你的野蛮
我声嘶力竭，保不住我的优雅

天亮之前
还有什么可以保的
哥哥，就让你我

像一座岛那样

渐渐沉入海底

2004 年 6 月 24 日

致一个企图破坏仪式的女人

　　在巴黎的街道上，年轻英俊的警察捉住一个试图破坏外交仪式的异族女人，一个人托住腋下，一个人抓住两条腿，面带微笑，将她抬往喷着香水的警车，抬上全世界的电视屏幕。沙发上坐着 50 亿法官，他们要求镜头推得再近一些……我们不认识这个女人，这个女人是西藏的，也是塔吉克斯坦的，卢旺达的，塔利班的，是犹太的，我们认识这个女人，这个女人是女人的。

她像兴奋的猴子一样尖叫，抓住警察的手荡秋千，露出
　一节肚皮
小腹结实得可以抵挡子弹，光滑得可以登上《男人帮》
　的封面
上面没有枪眼，只有形状不够文明的肚脐，像我们一样
她有我们所有的零件
白色 T 恤，灰色牛仔裤，头巾腰带，鞋子袜子，耳环戒

指项链

令人失望的是，她没有化妆成毛茸茸的异族人

左臂上没有多神教的金色文身

牛仔裤里也没有藏着紫色的尾巴。

一位没有尾巴的妇女为什么突然躺倒在大街上

而不是和我们一道沿着大街上的黄色箭头爬向一个叫未

　　来的洞穴？

女人，这里有核武器和大麻可以战胜恐惧

有足球，星座和任天堂可以战胜孤独，女人

这里每秒钟有一次成功的机会

所有的失败者离承认失败还有一百光年

这里没有恐惧，有疯狂的幽默

没有谎言，有写进宪法的废话

没有上帝有十万名先知

没有巫婆，有被割掉的舌头

这里没有废墟，但有在废墟上长大的儿女

没有细菌但有传染病

没有精神病院但有围墙

没有法官，只有罪犯，没有赌场，只有破产的赌徒
这里没有孩子，有疲惫的父母
这里没有女人有精血被吸干的男人

固执的女人，你尖叫
是因为比我们更勇敢，还是更容易受惊？
在太阳系的第三颗行星上，难道谁剥下了谁的皮？
即使剥下了皮，我们也会再长出来
你一定要睁开固执的眼睛看看我们，
我们比你更强悍，比剥我们皮的人
更耐心。

2008 年 5 月 4 日

妈妈的祷告陶醉而野蛮

腊月二十三这一天
参观五祖庙的游客
看见一个五十多岁
头发染得很黑的妇女
提着篮子，笔直穿过他们中间
她的篮子飘出烧焦的气味

她祷告时很陶醉，声音忽大忽小
让旁边的人心神不宁
竞相提高嗓门
为了消除混乱
她继续卖力地祷告，祷告
这不是祷告是下命令
她命令菩萨今年完成两项任务

接下来，我最担心的事情即将发生

这个女人将陶醉地向菩萨

和戴着助听器的游客们

暴露我的秘密

祷告完毕

她还不放心

向菩萨出示了一张我的照片

2009 年 1 月 20 日

强悍的母亲毁灭了完美的造型

你的暴躁不能怪罪于基因
你的双亲都温和无毒，长着灰色眼睛与浅黄色睫毛
在灯下散发出食草动物的热气
在椅子上死得周到
你的问题也别想推给时代
时代和气候的变化让你掉头发，发烧耳鸣静脉曲张
每晚用凉水吞服安眠药
但时代并未让你出血，或骨折

你的伴随着眼泪与鼾声的激动
没有让我出血或骨折
没有耗费我的汽油，影响我的收入
它仅仅改变了我骨头中的气流
对我来说，最大的谜
不是我从中而来的这个子宫的浓烟从何而来

而是它在我们的呼吸系统和血液系统
造成了什么结果。这需要化验
需要计算红血球和白血球的数量变化
如今，我看守着这张化验单
如同看守着别人的财产

我们前半生最大的恐惧
是成为你的雀斑你的问题的合法继承人
这需要同时否定你的亮点和温度
在摇篮中警惕你的亲吻
打翻你端上来的补药
布下巨石阵抵抗你亢奋的温柔
为了避免成为你，我们不断在心脏上放冰块
用倒立与拖地
来调整自己的呼吸
在遇到敌人时迅速爬到树上
在石头上产卵
用尾巴擦去蛋壳上的血迹
我们未老先衰，你精力越来越充沛
我吞下半片安眠药

你鼾声大作
你安静和温和的时候
我感到虚弱

你两手向天
我垂下睫毛，倚靠在你的恐惧
那粗壮多刺的树干上
这将是最感人的造型
但你将及时毁灭这个造型
你是大火
又是被大火烧毁的房屋
你是雷电，又是避雷针
你是母亲又是父亲继母和孤儿
你是我
是我无法保护又无法牺牲的你

2007 年 11 月 16 日

女人的儿子不能理解

女人的儿子不能理解
女人被新凉鞋磨破的脚踝
他伸出胖乎乎的小手喊：血，血

上帝为试穿新世界磨破的脚踝
上帝希望自己的小儿子理解
但不许指着它
更不能喊

2009 年 5 月 25 日

姐妹花

在法国马恩河畔
我遇上美女桑蒂娜
落日下，长亭外，古道边
我们一起抽烟
我抽爱喜，高丽造
她抽万宝路，美国造
我讲一个段子，中国造
她哼一支小曲，法国造

白浪滔滔，天下大同
姐妹花做了三天两夜
依次交换名片烟草口红拖鞋安眠药
以及对于敝国男士、领袖
和新生活运动的意见
混乱中

有人给我们按下一张合影
她只有左脸，我只剩右脸

事隔三年，我已昏聩
记不清姐妹的模样
到死之前，也没力气
前去寻找她欠我的那一半脸
更无法向那半球
递过我的左脸
像递一片 5g 重的安眠药

2004 年 6 月 23 日

王菲

她一露脸
我就目不转睛
越看越着迷
越看越吃惊

她唱得好吗
她长得帅吗
她满不在乎吗
小嗓门发音挺怪吗

是的 可问题不在这里
我想起了
老家村里一位姑娘
王菲和她长得有一点像

那时候没人说她长得漂亮
最流氓的老光棍
也没想到占她便宜
个儿太高，性子太犟

她不像别的娘们嘻嘻哈哈
有开玩笑的天分。土豆种得好
打扮却不大在行
我外婆说，这孩子太闷

又说
这孩子没有福相
我吓了一跳
从此老偷偷看她

那年春天
外婆差点摔死。有人送糖
有人送罐头
她送来满满一筐土豆

新挖出来的土豆

沾着湿泥，每一颗

都是圆的。我蹲在那里想

我们家的土豆

为什么是奇形怪状的呢

2000 年 4 月 25 日

萨福

一只鲜绿色的盆子扣在
爱琴海底。世代少女
贴上去，转动鹅卵石脸庞

男人粗糙的爪子掠过海底
我们漏脱了，美丽的姐妹
豹子，阿提斯

男人是一面挂起来的网，噢
拆了它。用竖琴
改变他们耳朵的形状

把我们金色的阵仗铺开
在他们尖尖的额头

1994 年 12 月

辑四

坐着

吃

1

吃，在啼哭之后开始

来，张开嘴巴，这样
舔一舔，这是舌头
舌头下面
很快就会长出牙齿，哦上面也有
等会儿你就知道它的厉害了
不流血的断头台
鸟儿都躲着它

这是喉咙，不唱歌时还要工作
这是肚子，世界上最大的工厂

来，孩子，吃

只要在吃
就有人以为你还是个孩子

2

一个在吃的人
离开世界
离开亲人
回到自己身上

跟着食物
钻进自己的嘴巴，牙齿
穿过自己的喉咙
钻进肚子，最后的避难所
再把自己生出来

3

部落里，谁吃得最多

谁就成了首领

他吃掉一条鹿腿
又吃掉一条鹿腿
吐出一把透明的种子

看着他，我们相信自己永远不会挨饿

4

我们唱歌，我们接吻
用两片嘴唇编织精美的废话
为了避免嘴巴
吃光眼睛所看到的一切

5

吃，在呕吐的时刻告终

6

一个孩子将手心里的糖
分一颗
给另一个孩子
我们又得救一次

吃得欢，忘了别人
革命爆发
一颗颗糖变成子弹

剩下的孩子把手心里的
子弹
分给另一个孩子

7

战场上的炊烟
在总司令眼里
比蘑菇云更可怕

8

报告，097 号犯人
没吃完

9

苦行僧在石头上
挖洞，把自己埋起来
让所有的食物都找不到他

10

在只能登陆一次的
绿熊星上
发现雨滴又香又甜
冒着气泡微辣
仰头
独吞

没有把它带回，一滴都没带回
同志们，对这样的人
该怎么惩罚？

11

妈妈，到底有没有
上帝？
——吃吧

怎么办？
——先吃吧

2013 年 4 月 9 日

睡眠总是无法继承

我们的父母
睡得很稳
他们说完"是"
或"不"
就打起了呼噜

我们这一代人
总是睡不着
即使在春天的夜晚
也翻来覆去
问自己，互相问：
对不对？
做得
对不对？
即使闭上眼不出声

也是为了
尽快把答案骗到手

在黄色木门的另一边
我们的孩子
压根儿不睡
偶尔爆发出
一阵大笑

2010 年 4 月 13 日

回到呼吸

好奇的年轻父母像狗熊一样
将鼻子凑近婴儿的鼻孔，品尝
陌生的新鲜的气流

饥饿的恋人像昆虫
吃光了彼此的呼吸，分手时
呼吸困难

那些只剩下自己
独自呼吸的人
忘了自己
也忘了别人
在呼吸

他们从自己身上跨了过去

追着吝啬的世界要奖品

要大数字，要钥匙，要密码

要未来，踩着死亡的油门

再也没有回到自己身上

再也没有回到呼吸之中

呼吸像仆人一样忙碌

像上帝一样无所事事

只要你不嫁祸于呼吸

它不会伸出食指来指责你

水不会指责鱼忘了自己在水里

如果迷恋自己的每一次

呼—吸—呼—吸—呼—吸—呼—吸—

像侦探一样跟踪

鼻腔进进出出的气流

那些无法参与你的呼吸的东西

那个叫"世界"的东西

会收起它所有的钱所有的眼泪

夹着尾巴消失

呼吸是我体内最后一颗种子

最后一张王牌

2010 年 6 月 13 日

坐着

所有没翅膀

有屁股的东西

都坐着

需要坐着

热爱坐着

不得不坐着

不坐不行

坐得舒服，坐得漂亮

坐得庄严

坐得稳

以至于忘了自己不是一生下来

就能坐的

脊椎动物不能，节肢动物也不能

第一次坐稳

付出了血的代价

牙磕在椅背上

从此与所有的椅子

成了拜把兄弟

与所有坐着的东西

成了知己

无论推开哪扇门，首先

一只眼睛找那个

坐着的人

一只眼睛找椅子

渴望所有的椅子都只对自己使眼色

最热情的椅子自己走到跟前

请你坐下，还给你递上一只黄色靠垫

最友善的人咳嗽一声

或点点头

暗示你坐下

你和他都相信

只要坐下来

就有了机会

哪怕是坐着擦鞋，钓鱼或啃指甲

写诗需要坐着

谈判需要坐着

签署命令坐着

最美妙的是坐在另一个人腿上

这种好事是不长久的

因为他担心你最后坐到他头上

坐着说"对"或"错"

比站着说

更有力量

马上就有人跑着去传达

给另一些站着或跪着的

坐着虽然行动不便

但足以让别人呼吸困难

所有人都坐着

只有你站着

这很危险

最好是所有人都站着只有你坐着

这也危险

走或跑是寻找答案

躺下是放弃答案

坐着是知道哪里有答案

坐着就是答案

亲爱的朋友们

我记得你们坐着的姿态

你们坐得漂亮

坐得稳

坐着就是一种权力

坐着就是力量

坐着坐着

突然站起来

也能产生一种力量

但还是不如坐着

有力量

最有力量的人最害怕

敌人搬一把椅子

在你对面坐着

只有那些不肯坐下来的孩子
不害怕

坐在街角无人可等也是一种权力
坐在坟边是另一种权力
坐在马桶上是最低权力
像高僧一样坐在瓮里等待涅槃
是最高权力吗？
坐在画像上
在潘家园市场等待高价拍卖给一个迪拜人
是最高境界
但万一被一个不肯坐的孩子
放火烧掉呢？

坐着，尾巴压在屁股底下
改变了你的体态和血型
腿越来越短脚越来越小
肚子和脑袋越来越大
像扑克牌上的半身家族

如果你想将坐姿保持到最后一刻

上帝会搬一把椅子

让你坐在他对面

有些人坐得如此笔直

仿佛坐着根本没有必要

2008 年 11 月 28 日

开会

桌子前
半身人
一群斯芬克斯
互相提问

每个人头顶都对准一颗星星
黑暗中为他指路
婴儿床上悬挂的小星星

坐稳
臀部，永恒的阿基米德支点
坐稳，地球正被你撬起一角

毫无贡献的脖子，请用力支起
越来越巨大的脑袋

不能让它垂下来，无论问题多沉重

滔滔不绝，威严紧闭
嘴巴，真正的主角，全靠你了
你比脑袋跑得更快
一个嘴巴在动另一个追赶
直到最后那个一张嘴真理降临

最佳配角，手
朝着空中某个目标挥舞
要让远处的傻瓜们相信
他们的命运即将决定

唯一消失的
是脚
脚呢脚到哪里去了？
独自跟着地球自转一周后
它已不辞而别
将我们留在原地

2013 年 3 月 12 日

摔门而去

一个人
摔门而去
留下另一个人
和颤抖的门

一个更有力的人
摔门而去
留下一群人
和骄傲的门

夜里
一些无人的屋里
传来
摔门的声音

有一次，我突然回头

看到

身后的门

伸出一只木手

抓住门把

猛地拉开

砰

摔门而去

留下门框

留下世界上别的门在颤抖

还有害怕找不到门的人

2013 年 3 月 6 日

看手相

深藏不露的手掌，轻率地
向一个只有两只眼睛的人张开
屏住呼吸，等待一个
消失已久的声音

命运已被 20 世纪赶下台
在 21 世纪，改变命运的论调
会让世界更加动荡不安。
但命运并未离开，它蜷伏在桌子底下
打着瞌睡，等待时机

勇敢地伸出一只手
就不能再缩回去
钉上了一枚无形的钉子

生命线，智慧线，情感线

即使是完成这三条道路

对于只有脚的人来说也很劳累，还有那么多

坐着直升机也看不清方向的小径

抹去因果关系的交错，转折，分岔

这是史诗主人公的业绩报告

还是贫乏人生的风景画？

生命线的长度最受关注——

虽然有些梦想家不以为然，用"生命的价值"

来反驳长度，但"价值"在这里没有留下记录

它要为自己的高傲付出代价。

生命的长度，这是终审判决

依据另一种法律

与生命线同时起跑的智慧线，只跑到了

生命线的三分之二

"智慧"，尽管你占据了手掌的中心

为你在现实中的地位报了仇

但只有与成功线相交

你才能证明自己的影响

情感线，你最勇敢
你跟生命线赛跑
仿佛独自开始了另一个生命
关于这个新生的生命，议论最多
生命线在等着看你的笑话
你要越过很多路障，还要摆脱成功线的监视
连智慧线也承认这很难

发生在智慧、情感与成功线之间的辩论
制造了很多分岔，谁都不想替它们负责

值得庆幸的是，在无名指与小指之间
命运为了让你喘息一下
拐了一个弯

有一条线，一直延伸到你脚下
对，就在你脚尖偏离的方向——

看完手相的手

有的握住拳头，有的插进口袋

有的合拢掌心，含糊地做了一个

类似于祈祷的动作

最轻松的那只

抓住了一个面包——

这是一个美妙的瞬间，稍纵即逝的瞬间

让我们为它鼓掌吧！

2010 年 4 月 30 日

哭泣结束时

电话响起的时刻
哭泣结束

"下午我们去逛街吧？"
"嗯。"
"鼻音有点重，感冒了？"
"是。"
"我说呢。他们还好吧？"
"好。"
"你没事吧？"
"没事。对了，你什么时候去那里？"
"7月，要不8月，等那事办完……"
"先加醋。"
"再试一下。"
"怪不得。"

"怕什么。"

"哈哈，谁说的！"

"好，两点见！"

接下来

如果不去洗脸，擤鼻涕

打开门，登上历史舞台

而是回到古老的角落

钻进自己的怀抱，继续

犯罪——

就没有人

或狗

冒险来救你了

再说，现在还没到你

为真正获救而哭泣

无须停止的时候

2013 年 2 月 27 日

抚摸

枕在后脑勺后的手

在问另一只手：

你最后一次抚摸——抚摸某人或某物

像五岁时抚摸小狗的肚子，

像一个瞎子

温柔地抚摸妻子的后背那样，

是什么时候？

我记不起来了，你记得吗？

另一只手沉默片刻，回答

你是关心我，还是想折磨我？

你明明知道我——还有你——有别的任务，

这些任务是自视高贵的大脑、不堪一击的心脏

和悲观的眼睛都不想分担的，

嚼着口香糖的嘴巴也不愿。只有你分担，

虽然你有时迟钝，有时不情愿

在上一代人的病房，在这一代人的工地
我为他们端上提神的饮料！
发动机器，敲击电脑，转动方向盘
我从来不带着优越感问"为什么？"
发出信息或信号，发出接收删除发出
有时用指头，有时用手势
拿起，放下，打开，关上，收集，撕碎
抓住一些东西，把一些东西推开
写字，数钱，挥舞，鼓掌
涂上脂粉，抹掉血迹，发射子弹抱起婴儿
有些必须精通，有些还在摸索，像在太空舱里一样摸索。
如果有什么犹豫，有什么怀疑，也只能用下一个动作来
驱散
我不像脑袋或心脏，有患抑郁症的权利
脑袋在遇到袭击时，我得扔下一切，不顾一切地抱住它。
但我并不抱怨，我的每一个动作都让时间走得更快
虽然我不知道它要上哪里去，会不会改变主意。

抚摸？——这算什么任务？

它是给好孩子的新年礼物吗？

在跟机器的竞争中，它能帮我们买单吗？

在人和人组成的法庭上，它能替我们辩护吗？

抚摸一个男人，直到他摘下面具

抚摸一个女人，直到她长出翅膀？

抚摸婴儿，直到它咯咯发笑

抚摸父亲，直到他变成婴儿？

抚摸某个人的沉默，直到语言围着他起舞

抚摸伤口，直到它跟你讲一个睡前故事？

抚摸报纸上最新的谎言，直到它变成格林童话中的一篇

抚摸黑暗，直到它承认自己扮演了光明？

抚摸生命，直到它躺倒在草地上就像躺在家里？

抚摸死亡直到你的手被抓紧？

抚摸乌鸦直到它露出微笑？

你认为抚摸是本能，是惩罚，还是一场慈善活动？

那些你渴望抚摸的东西，也渴望被你抚摸吗？

这是不是它们最害怕的事情？

枕着后脑勺的那只手

没有进行答辩。

它不声不响地靠近——

抚摸它那位滔滔不绝的伴侣

直到它停止反抗

2009 年 10 月 19 日

一张床要做的事情

一张床要做的事情不多
它只需要在那里，仿佛不在
像石头，像银行，像互联网
只要它在那里，你就不能怀疑自己还在这个世界上
世界也不能无缘无故怀疑你不在，哪怕是半夜

一张床要做的事情不多
男人和女人在它上面闭着眼睛干傻事时
它不用发表任何评论

一张床要做的事情越来越少
一个穿条纹裤的家伙在它上面升天时
它不能像电视剧里的女人一样抓住他的脑袋摇晃，问"为
　　什么？"

有的床什么也不干，让你没床

有的床只想干点小事——让你离开另一张床

有的床野心很大

——让你离开这个世界

2010 年 3 月 14 日

帐篷

我诞生于沙漠，还是草原？
我跟降落伞是不是一对兄弟？跟蒲公英是不是姐妹？
除了孩子，很少有人感兴趣。
嘲笑孩子的大人们关心的是
我能否帮他们以最小的动静
为童年时埋葬的梦想招魂，那些诞生于荒野
夭折于床铺和母爱的梦想

我理解你们，愿意配合你们
用一种轻便灵巧，不惊动外人的方式
逃离家庭，学校，办公室，会议室，桌子椅子
逃离各种表演，比赛，目标，责任
逃离爱情，逃离没有爱情
逃离过去，逃离未来
逃离摩天轮一样匀速转动的机器和齿轮

逃离一张床铺也可能导致流血

为了避免流血，避免赔款割地
你们需要我，最短一夜，最长一个星期。
只有在灾难发生时——地震
或表示勇敢时——在广场上扎营请愿
时间会延长到半个月
不会超过一个月。然后你们会逃离我
像以前逃离别的牢笼一样

你们需要我，但不用解释为什么。
你们穿上白球鞋，背上双肩包，对自己说：
我带着帐篷外出，是为了一个人躺在草地上时
防止有人过来问路，为了两个人在沙滩上接吻抚摸时
避开那些饥饿的眼睛
挡住阳光——这是最任性的说法。
你们告诉自己各种各样的理由，还向自己点头。
你们并不互相解释，因为不相信
因为包围你们的都是不相信的人。

如果我被一阵狂风掀翻

突然暴露，你会比赤身裸体更难堪

难堪得无法当着妇女和孩子们的面

追着我跑上几步

所以我用四只爪子

紧紧抓住地面，抓进它的肉里

现在，你可以安心地躺在我里面

像一个怪物

凝视另一个怪物

2010 年 4 月 16 日

最后的要求

你，我们，他们
还有什么要求？

要求笑，要求哭
要求大声，要求小声，要求闭嘴
要求记住要求忘记

眼睛和嘴巴，手和腿
在传达要求
如果是"心"在违反要求
让它认错

刀子，炸弹和核武器
要求人们注意它的要求
只有那些用手抱头，发不出声音的

放弃要求暂时

有的要求是历史派来的
有的宣称是未来派来的
嗓门最大的是"现实的要求"

有的要求派出军队
有的写来情书

拒绝一个要求
是为了满足另一个

每一个漂亮的形容词
都是一个要求
一个词下达了无数个要求

"我对你没有要求"
这是最高要求

刚刚睡着的孩子眼角的

一滴泪，请你放弃对他的要求

这可是

放弃整个世界

一些死亡也无法满足的要求

镌刻在墓碑上，国旗上

幸运的是，要求并不总是盯着我们的眼睛

它有时也会打瞌睡

抓住这个时刻，抓住所有赦免的时刻

——这是我对你的唯一要求

2010 年 9 月 18 日

一辈子饥饿的人

饥饿的人
什么也不喂养
妻子，婴儿和鸟儿
都离他远远的

一辈子饥饿的人
手永远伸向
外面
即使手心里有钱

只有他的心知道
他会在什么时候
朝自己
伸出手

2013 年 8 月 7 日

雪暂时取代了一切冲动

雪花纷纷扬扬

一声不吭，忙着数它们

积攒了一年的钱币

人停止数钱

仰望雪花

狗停止打滚

仰望主人

难道是为了比一比

谁更高雅？

2010 年 3 月 14 日

动物谈论人与人之间的事情

叫住那些傲慢或温顺的动物，采访它们：
你们第一次见到另一个家伙，内心是否紧张？
您，山中长大的老虎，第一次遇见
来自草原的狮子
美洲的羊驼遇见澳洲的袋鼠
你们选择暴露
还是掩饰自己的紧张？

它们中傲慢的那些直视着我们，不置可否

现在轮到它们
用眼睛向我们提问：
说说你们吧，无所畏惧的人！
你们见到自己的同类， 男人见到男人，
女人见到女人，男人与女人在一起
无论是电梯里的陌生人还是童年的朋友

无论是第一次，第十次还是最后一次，
为何总有一个主管"紧张"的幽灵
像狗一样跟着你？ 运气好的话
你把它赶到三米之外，自己登上主席台
运气不好的时候，它跟你争抢麦克风

——别隐瞒，离你们最近的狗
向我们汇报了你们最细微的举动，
注意那些
门口的脚
客厅里的眼睛
讲台上的手势
指挥席上的后背
还有那些突然提高的嗓门

请问，你们聪明老练的男女第一次过夜
政治家在阳光下发表第一百场演说
是否都在与同样的东西作战？
这让你们变得更好，还是更坏？

是的，紧张毁灭了你们的一部分东西，
比毁灭我们的多
这是否意味着
它赔偿给你们的
也更多？

你们以与"紧张"的战争和交易为生
就像从自己的死亡中获益，但又不愿意承认它
你们有自己的办法：禁止和自己谈论它
也禁止和它
谈论自己。
那就把谈论的任务转让给我们吧——
收益归你。

2009 年 9 月 4 日

书人

在大火到来之前
我率领九百箱书
搬进海拔最高的新家

一进门，它们抢先一步
占据有利地形
有的飞上四壁
有的像驴一样在地板上打滚
有的钻进雪白的床铺，发出猫叫

面积最大的一本
在取代餐桌
真理在握的，取代了灯

接着，它们撕毁了我

大火到来之前

它们争分夺秒

互相阅读

2007 年 3 月 20 日

瑞士军刀

45 度、60 度、90 度、180 度 360 度旋转

本世纪的精密车床所车出的每个人

都是一把瑞士军刀

每打开一层都有新的用途

每种用途都互相竞争

有的杀人，有的止血

有的可以拔出心脏上的刺

有的可以撬动地球

有的负责给皇帝的鹦鹉剪指甲

为了获得剪指甲的权利

所有的军刀展开了决斗

2007 年 11 月 13 日

助手

在黑洞洞的走廊上　助手们跑来跑去
带着他们摇晃不定的光亮

他们敲开　趋近　递上　等候　送呈　转报
退出　带上　小跑　解释　安慰　送走
他们的手传递着　报告　申请　诉状　证词　材料
手术刀　文件　合同　聘书　图章　过期的委任状
这些不知疲倦的信使　活动在
塔底塔尖　上级下级　甲方乙方　星星和石油
第一世界与第三世界之间

谁也无法拦住他们　交谈片刻
上帝和导弹都无法让他们停下来
尽管他们那么年轻　温和　活泼　乐于助人
几乎是邻居家的儿子　但当他们

匆匆忙忙　互相叫喊
用别人听不懂的术语　暗话　简短对答
一种陌生的气息在弥漫　摇荡　游移 扩散
一道朦胧的光柱
将他们的影子投上我们床对面的墙壁

1996 年

辑五

炸弹漫游

炸弹漫游

一个穿白色西装的人携带一颗炸弹
四处漫游
寻找合适的时间和地点

这颗炸弹比它的祖先们更纯洁
它要做一件严肃的事情，不伤及无辜
也不为自己谋求利益
炸弹温柔地盯着每个可爱的人
表示对他们的宽恕
同时暗示他们不要做声
它知道他们知道
但没有人对它的到来表示震惊
也没有人表示心领神会
地铁里一个捧着日本漫画的小伙子
听到警报器发出低鸣，转过头来看了它一眼

戴上了 MP3 耳塞

炸弹以为自己是马槽里的圣婴或 Visa 信用卡
暂时没有人看出自己的危险
和妙处
它拐弯抹角地刺探每个人对世界的意见
偷听门背后一对夫妻的对话
丝绒心事重重地擦拭眼镜的声音、碎纸机的声音、螺旋
　　桨的声音
以及主席台上的咳嗽
据此推断人们对它的意见
使命感使得它像大师一样关心自己的形象
一个姑娘在粉红的纸上画，她怎么画我？
一个老人从养老院的窗户往外看，他怎么看我？
和尚们像摇滚歌手一样唱，他们怎么唱我？
商人们在海边思考死亡像在搞慈善活动，
他们怎么思考我？
魔术师从空气中抓住热带鱼，他们能否抓住我？
摄影记者有没有拍到我？
宇航员们在去火星派对的路上是否记得我？

火星上是否也有炸弹降生？

将要出生的孩子们和其他怪物们

会不会梦见我？

你怎么看待

我们要完成的事情？

炸弹向遇见的每个人提问

连正忙着制作雕像的石头也不放过

它是一个提问之王

炸弹像蝴蝶一样掠过

所到之处没有丝毫的紊乱

没有一片树叶停止生长

没有一台机器停下来

实验室的指针按规定慢慢画出了一条条曲线

石头做的雕像已经分配完毕

每个人都在卧室里立着自己的雕像

对着它弹钢琴

炸弹不忍心打断

别人也不忍心打断炸弹的行程

狗在看动画片

医生在宣判死刑

发明家在工地上

元首们在讨论星座

上帝和菩萨在主持石油会议

所有有爪子和没爪子的

可爱和不可爱的东西

像盯着啤酒瓶盖一样

漫不经心地盯着炸弹

对它表示宽恕

甚至像摸卷毛小狗一样摸摸它

噢炸弹

他们宁肯死于一切

也不肯被你救活

炸弹感到越来越孤独

它像狗一样躺在公园的草地上

望着浮云，咽了咽口水

对自己以及自己的后代的影响力

产生了深刻的怀疑

炸弹在旅途中借着月光立下遗嘱

禁止它的子孙

思考爆炸之外的事情

热带海岛

1

　　飞机在海上盘旋，乘客们掌上电脑里的股票市场和石油价格在波动，一个孕妇开始呕吐。穿米老鼠套头衫的孩子在梦中喊着哈里波特。系着围裙的空中小姐用魔棒一指，请系好安全带，调节座椅靠背。椅子、脖子和领带挺得像十字架一样笔直，所有半截身子的人温顺地坐着，仿佛有人在给自己拍照。在太阳的火力掩护下，飞机驮着一个冰冷的半身家族，爬过赤道的封锁线。半身家族和它脑子里的货物太沉了，飞机像船的甲板一样开始倾斜，我们看见我们要去的岛漂浮在天空中，而不是在水上。为了夺回损失，海向天空扑来，它要阻止我们，这个永远在动的冷冰冰的东西，它要阻止所有不会动的冷冰冰的东西接近它。

2

中国牡丹江来的娜娜

在南半球的海岛上

给一个穿黄色比基尼的日本女游客

做泰式按摩

仿佛在月球上救死扶伤

她比菲律宾人的钢管舞便宜，比一杯本地啤酒便宜

她的便宜打动了

到处施舍的游客

但不能感染穿拖鞋的警察和邻居

他们正躺在墓地边的吊床上看斗鸡

用美元下注

这是最酷的中年姿势

他们的儿子开着潜水艇

偷光了方圆一千公里的海底电缆

儿子们跟电缆结婚

不跟娜娜

送走日本客人，娜娜给我们做导游

热情地领你参观东海岸最适合自杀的岩石

粉红的鲨鱼正在下面午睡，梦见大象

她主动跟你交流偷渡经验

"那是七年前，不对，五年前……"

她的脑子被海水泡坏了

她拼命游向她并未失去的东西

忘了她真正的损失

我们当然不能表现得比她更无知

更孤独

3000 瓦的阳光下，她带咸味的碎片、泡沫和气体

拍击你岩石形状的一生

她不稳定的呼吸

让潜水艇里的钟表发生紊乱

3

　　在沙滩上就像在担架上，只允许躺着。躺在沙滩上，就是跟海一起躺着，处在同一水平线上，跟这个大东西称兄道弟，跟所有的大东西（比如"天"、"上帝"、"命

运"之类）称兄道弟。你感到飘飘然，忍不住想跟它交流情史，揭开伤疤，从而将你们的关系推向高潮。这时，大东西站了起来，用它的铁掌从你身上踩过去。你没有流血，没有骨折，也没有增添新的伤疤。你继续躺着，跟人一起躺着，像从烤肉的铁扦上逃离的家禽，又回到了发烫的铁扦上。

4

路边的红色招牌上写着
"买春扑灭中"
翻译成英文占了三行
这是新一届政府的力量
政府在提醒大海
世界上不是没有政府的

5

　　明天中午，娜娜将参加一场维权游行。在岛上，贩毒、通奸、裸奔、剃度、吃鲸鱼、埋死婴都不能让别人睁开眼睛看你一眼，太阳把他们的眼睛弄坏了，上眼皮与下眼皮粘在一起，如同珊瑚礁上盘着的一种叫"头发"的鱼的眼睛。他们永远躺着，躺在墓地荫凉处的吊床上，用耳朵呼吸，用鳃回忆，湿漉漉的肚皮上沾满了沙子和金粉。

　　在这里，游行受到宪法保护，但愿意爬起来直立行走的人太少了，所以每场游行最多不会超过两个人。游行显得更加神圣。警察们会从树上爬下来保护你，在你前面铺开并不存在的红地毯。如果你离开队伍去跳崖，鲨鱼在张开嘴之前，会请你出示死亡证。

6

大海让每一条海岸都相信
你最大

我只朝你涌来

一个敏感的人发现
并揭穿了这个秘密
激动得在海面上倒立
对看不见的自己的影子说
你最大

7

毛茸茸的海在跳动，像婴儿的囟门，在某人的手掌下。

8

岛上的标识有三种文字
英语日语以及一个未知的国家的
清晰语言
美国人

越南人

菲律宾人

西班牙人

刚果人

中国人

澳大利亚人

俄罗斯人

智利人

还有一个不存在的国家的公民

天黑前都准确地找到了床位

只有一只猴子

在寻找祖国的途中

迷了路

9

　　一位刚登基的政治家从飞机上往下看，看到的不是
海面，而是二十亿五千万的国债，是纱布围起的导弹基
地。一位年轻妈妈认为，既然不能在海面上推婴儿车，

海就什么也不是。在死人举起的望远镜中，海是军队，是幼儿园，是菜刀，是过期牛奶。所有人都在命名，却无人命名得出。一个正在晒太阳的死人下了最后结论：海是死人。

2007 年 12 月 15 日

本世纪最有才华的设计师的责任

这是他童年时设计的一把小刀，

他用这把刀子切碎了一个未经设计的土豆。

这是他设计的裤子，

裤管可以罩住国家大剧院。

他设计的手表，镶着二十四颗威塞尔顿钻石，

七个小表圈分别显示方位，气温，海拔，月相，

还有三个城市的时间，其中一个城市位于火星的东半球。

表冠上一个谁也找不到的按钮在关键时刻发射导弹

这颗导弹保证

它永远不会对准主人的心脏。

他认为他花了十一个月研制的汽车失败了

没有翅膀，不能成为天神的坐骑。

我们起飞的机场是他三年前设计的，
每一个登机口都没有猴子把守，每一条跑道
都没有走着大象。
A077 航班正点到达，他却没有出现。
他跳伞跳到了另一个更重要的工地。

全世界任务最重的工地都等着他从天而降
尤其是那些建在间歇性火山上的工地。

从天上俯瞰他的作品，他没有看到超过一毫米的漏洞
只看到他对这个世界欠下的
下一笔债务。
现在他想轻松一下，利用午休的三分钟
给上帝设计一个新款签名。

2007 年 5 月 15 日

谁都用特殊的方式藏着自己的结晶

头痛了十二年
他带着存款、老婆
和藏在肚子里的遗言
来首都求医。
一个农民
怎么会头痛这么多年呢？
年轻的医生在议论。
医生相信，偏头痛是一种特殊的礼物，属于那些
相信自己被选中的人，渴望或害怕被选中的人
领袖和法官，女人和疯子
医生治不好的人

一个农民没有头
一个农民只有肩膀、腰背、手脚和牙齿
这一点，连农民的老婆都深信不疑

每天夜里，她的头和他的挨在一起，像两块石头
既不互相攻击，也没有变得滚烫

医生和新进口的机器
在四个半小时的手术后，从这颗
不大也不小的脑袋里
取出一颗珍珠
对，是珍珠，不是石头
也不是金子
圆的，粉红的，亮晶晶的珍珠
没有一点瑕疵，就像电视上
主席夫人迎接总统夫人时
脖子上的珍珠

一个医生用镊子夹着这颗珍珠
观赏了一阵，交给了病人的妻子
另一位医生
用钳子夹着这个人
交给了包围着报纸、电视和网站的
无数双饥饿的眼睛——

还有谁

想来试试？

2010 年 3 月 14 日

暴君死后

暴君死后不到一年
他的王国的足球队
第一次在世界比赛中夺冠
这个孤儿般的国家
终于吸收了营养
长出跟大家一致的漂亮肌肉
世界对此感到满意

在红发裁判和银色广告统治的球场上
小伙子们跪倒在地
掀起球衣
蒙住新长出来的脑袋

穿睡衣的电视观众把耳朵凑近他们的嘴巴
没有等到一句

让大家放心的口号
他们喊出的音节依然如此陌生
悲观的观众发誓
再次向这个国家开战
乐观的观众
打算在电视机前再守上三十年

2007 年 7 月 31 日

生日事变

11 月 5 日是我的生日
天黑之前
生日过得非常平安
吹吹打打，吃吃喝喝
再过一个钟头
就可以熬到胜利闭幕

就在点蜡烛准备许愿的时候
突然，电视宣布
萨达姆·侯赛因先生
因反人类罪
被判绞刑

这逼着我
在吹灭蜡烛的瞬间

仓皇决定

是为萨达姆许愿

还是为人类许愿

否则就会暴露

你既不更喜欢萨达姆

也不更喜欢人类

我在黑暗中宣布

这是反生日罪

2006 年 11 月 5 日

冬天的老骨头

地铁边的护城河
冬天更脏了
一个人在脏水里游泳
两只灰色的小野鸭追随着他
像追随一辆威风凛凛的灵车

在岸边钓鱼人的嘲笑声中
他爬上岸，一个精瘦的老头
缓慢地
在寒风中擦他
冒着白烟的驼背

在风，河流与石头中
他得意
他是最年轻的

在被石头包围的
一群年轻的孙子中
他害羞——
他是最暖的

2006 年 11 月 13 日

老太婆的小姑娘

地铁上，一个五六岁的丫头
领着断了一条腿的老太婆
向一排穿着名牌牛仔裤的膝盖
弯腰讨要

有的膝盖哼了一声
有的膝盖闭上眼睛
有的不怒自威，有的犹豫不决

铃声响了，时限已到
最坚硬的一只膝盖
伤感地独白
它说了什么
只有离它最近的膝盖才能听见

2007 年 3 月 21 日

进京三年

转眼到了年底
掐指一算
进京刚满三年
我已烟消云散，含而不露
仿佛进京三百年

美中不足的是
一些已进京三百年的百姓
梦里还握着拳头
跃跃欲试
仿佛进京才三年

2006 年 11 月 8 日

我是一个坚强的人

庚午年，掉了第一颗牙
我没哭

辛丑年，乌鸦在祖坟叫了
我没哭

癸未年，杀到一半的猪笑了
我没哭

丁亥年，鬼子进村
我没哭

乙卯年，操场死人
我没哭

辛酉年，克隆人进攻
我没哭

丙辰年，儿子做变性手术
我没哭

甲申年，大王忽然咳了一声："……辛苦了"
我哭了

2004 年 6 月 25 日

奇迹

两个捡垃圾的孩子
从垃圾堆里刨出一具女尸
有人听到他们吓得大哭起来
更多的人证实，他们从未哭过
打架的时候不哭，发烧的时候不哭
被车撞倒的时候不哭，盯着断尾巴小狗的时候不哭
可以推测他们生下来的时候就没有哭过
像蜥蜴，像石头，像刀子
可以肯定以后他们杀人的时候不会哭
他们死的时候也不会流一滴眼泪
所以，感谢这具女尸救活了他们
挽救了他们的一生
这具女尸是不是菩萨变的？

2006 年 11 月 21 日

钦差大臣

新登基的环保局长
眼含热泪，开会拍桌子
"无论是谁，无论
政绩多大，腰杆多硬
谁破坏环保
就让谁完蛋！"
半年后
他完蛋了

因为他拍了桌子
这是对整个森林的迫害
何况桌子
是用我国最后一棵树做的
何况他拍桌子时唾沫四溅
浪费了水资源

一只出任钦差大臣的啄木鸟
负责连夜
将对他的罪行判决
刻满森林里的每根树桩

2006 年 4 月 25 日

我迷恋腐食动物的噪音

"离别"从情侣缠在一起的大腿间伸出脑袋来
叫喊——我不是真的
我是爱好艺术的牙医导演的肥皂剧

死亡躲在厨房的灶台下发话
我不是真的
我是生活那蠢货在各国国歌中散布的谣言

2008 年 11 月 25 日

写在纸的另一面

一

是的，一个疯子的梦
无论叫它历史
还是现实
记在石头上
还是纸上

是的，我们是这个疯子的
忠实秘书
因为过于忠实地记录了
他记不起的梦
清晨
被他痛揍

痛揍我们
他以为是梦

不——是的
是的，不——
我们的呼喊
也是对疯子的叫喊的
忠实记录

二

太阳底下又发生了什么？
知道的人想对不知道的说什么
假装知道的为什么这么说，知道却不吭声的又是谁？
"事实"，也就是说，只有上帝才能抹去的东西
如果有人想代替上帝让它消失
就留下一个送不走的词

我们拍这个词的马屁，送它礼物

夸它是"良知"的儿女，"正义"的兄弟
"真理"的姐妹，在黑暗中叫它的小名
希望它像狗一样跑过来舔你的手心
它没跑过来

将它的敌人"谎言"
送上等待证人的法庭
它不做声

威胁它：如果你迟到，就要认错
如果你不来
我们就向你的敌人认错
它不认错

乞求它：我们这些只有两只眼睛的人
需要你，胜过你需要我们——
它不感动

它正与这些渺小的东西一起消失
孩子，男人女人和他们的照片

说话的，不说话的
有眼泪的，没眼泪的
猫与鼠，狼和羊
狼对羊所说的
羊对狼或对自己所说的
问题与答案
原因和结果
以及那些
被原因和结果
吃掉的

它在这里捉迷藏
勾掉的名字，删掉的数据
滔滔不绝的沉默

它被这些伟大的事物驱逐
制服
公章
口号
主义

枪
钱
另一种钱
生活，遗忘
遗忘，生活

麦克风说："这就是真相，我们没有撒谎。"
"告诉别人真相是残忍的。"涂红色口红的嘴巴说
"一切都是幻象。"涂黑色口红的嘴巴说

怀疑伸出一根手指，指向它的藏身处
愤怒却将我们带错了方向
在绝望的帮助下
恐惧
将我们抛进没灯的监狱

在我们消失之前
带领我们找到它
带领它
找到我们的

一定是
更大的恐惧

三

纸的这一面
记下了爆炸，只有爆炸
灰烬在纸的另一面

纸的这一面
记下了灰烬，只有灰烬
风在纸的另一面

纸的这一面
是一个个问号，只有问号

纸的另一面
也没有写下答案

将纸举起来，对着光
从另一面看
每一个字都是反的
这一面成了另一面

纸的另一面
电影幕布的另一面
刀子的另一面
人的
另一面

这一面
和另一面
隔着一堵墙壁
唱歌给对方听

2011 年 8 月

195

驱魔

把穿着拖鞋在你体内
走来走去
发出断断续续的含糊不清的
断断续续的含糊不清的声音的
另一个人
请出来

用长嘴产钳
把这个悲观而饶舌的魔鬼
夹出来

将这个妄想吃掉整个世界的身躯
压缩成一缕青烟
装进一只褐色玻璃瓶，拧紧盖子

贴上所罗门的封条

贴上你最信赖的神，王，明星的封条

投进

地图上没有的大海

2011 年 11 月 20 日

希望是我的儿子

希望是我的儿子

他戴着一顶蓝色鸭舌帽

我的女儿是绝望

她什么也没戴

我要用狗粮和石头喂大他们

帮助他们在羽毛和钉子上生儿育女

第二代，第三代希望必然出生

必然长得

跟任何一代希望都不一样

2009 年 1 月 22 日

198

辑六

诗论

激进的沉默

在安徒生《海的女儿》中，小人鱼被巫婆割掉舌头，因为巫婆认为她的声音是"海底世界最迷人的"，交换条件是将鱼尾变成人腿。小人鱼因为获得人腿而承受行走的疼痛，因为失去声音而饱受心灵的痛苦。变成泡沫后，她听到空中充满各种细小而清晰的声音，也重新听到了自己的声音，"她的声音跟这些其他的生物一样，显得虚无缥缈，人世间的任何音乐都不能和它相比。"同样，在许多民族的原始巫术故事中，一个人在获得巫师的资格之前，首先要被刺穿舌头，失去声音。例如，澳大利亚的阿兰达族有一个关于巫医的故事：有个男子要被授予巫医的圣职，便来到幽灵居住的洞穴前。他先被刺穿了舌头（失去声音），接着被一支长矛刺穿耳朵（失去听力），然后被幽灵抬入洞穴施行手术，换上新的器官，包括内脏。只有先让原有的器官死去，他的身体才能获得新生，也更能抵御魔法侵袭。在这里，首先放弃的是声音。巫师们为了获得更有法力的声音，首先要放弃自己原有的声音。在此意义上，这是一个关于声音的失去（沉默）与重新获得的故事。

作为一种文化治疗方式，艺术不断用"休克疗法"（类似禅宗的棒喝）来中断人们的知觉和思维惯性，以重建人类感受力和意识的完整性。传统艺术主要使用"规劝疗法"，现代艺术则采用了一种比传统艺术更激烈的方式：凯奇的《4'33"》和贝克特的《等待戈多》，就是采用休克疗法。

各种现代艺术（包括诗歌、绘画、戏剧、电影、音乐、舞蹈、建筑）在采用一种激烈形式时，都不约而同地表现出对这种艺术本身赖以存在的工具的否定。激烈的绘画试图否定色彩和线条。戏剧试图否定人物和对白。电影试图摧毁电影镜头的可靠性。音乐在摧毁声音和旋律的稳定性。舞蹈打断了动作的连贯性，试图凝固成雕塑。建筑扭曲成非建筑，甚至企图直接模仿废墟。诗歌的情况同样如此，但在读者眼中，诗歌对诗歌本身的否定（超越）方式显得更极端，因为它试图否定的是语言。其他艺术依赖的是物质性媒介，如绘画的颜料、舞蹈的身体，而诗依赖的是非物质性的媒介——语言，所以，诗歌否定诗歌的方式，必然是停止言说，或在言说之中不断抵达／返回沉默。

言说冲动与沉默冲动之间的本质性冲突，造成了诗歌本身融言说与沉默于一体的矛盾形式，以及诗人与诗的悲剧性分裂和永久困境。兰波在《地狱一季》中诅咒语言所构成的地狱："是谁造化了我这样险恶的语言，以致它把我的懒惰引到和维护到这种地步？……从骨子里看，我是畜生！……我是一个畜生，一个黑奴。但我可以被拯救。"兰波晚期弃绝诗歌去非洲贩卖军火和奴隶，马雅可夫斯基在嘲笑叶赛宁自杀后自己自杀，众多诗人选择用各种方式终结自己的声音，显示出诗人比他人更难以遏制的沉默（死亡与再生）冲动。

诗人之死之所以比"小说家之死"显得更自然，很大程度上是因为，诗歌与沉默之间的距离，比小说与沉默之间的距离更近，诗歌与沉默之间的关系比小说与沉默的关系更自然。散文文体更多地将语言作为一种工具和媒介来使用，就像造一座房子，小说家的目标是使用尽可能多的砖块（词语），按某种结构样式来造出一座梦想中的建筑，他（她）要把主要精力花费在完成房子的结构上，思考哪个地方建门，哪个地方建窗，哪儿是厅堂哪儿是卧室，屋顶在哪儿，屋顶如何建得更别致，而不能将时间过多地花在对每块砖头的选择上。而对诗人来说，每块砖头（词语）的选择事关生死。亨利·米修有句话说出了所有诗人的辛酸和骄傲："混蛋们，你们哪里知道我使用一个词语要流多少眼泪！"诗的活动虽然也顺其自然地造就了一些缩微的"房子"——具体的一首首诗歌，但诗的终极目的与其说是为了建成一座供人歇息的房子，不如说是为了将人们的注意力从对"房子"的崇拜引到对每一块砖头的注意上，对这块砖与那块砖的差异及其隐秘联系的注意上。对诗来说，一块砖头就是对一所房子的提示、回忆或预言，正如一粒种子就是对一棵树的提示、回忆或预言。

小说的任务是尽量长成一棵树，它生长的过程就是不断增加枝叶来使自己的形状复杂化，这是一个不可逆转、不可删除的过程，一棵树要想纠正什么，它唯一的方式就是增加。现代大众文化消费品（通俗读物、电视、流行音乐等）则将"树"砍下来，挂上彩灯和礼物，变成一棵圣诞树，圣诞树表面上生机勃勃，却是不生长的。诗歌则梦想不增添也不减少，也就是停留在种子的状态，种子就是语言的终极状态：是起源也是终结，是生也是

204

死，是言语的开端也是言语的完成。

事物的本质就是它所是的那个样子。诗歌呈现在纸上的物理形态，最直接地划定了话语和沉默之间的边界：一首诗孤单地垂直于白纸的最中间，四周是大面积的空白，就像天空中的一架直升机，它的飞行动作、方向和速度，一方面指向它自身的存在意义，一方面指向天空的静止、无方向和无速度。诗句与包围着它的巨大的空白边缘之间的比例，正是话语与沉默的真实比例。诗的声音指向言语之前和之后的东西：沉默。诗歌运用复杂多义的语言，不是为了穷尽词语和事物的意义，而是为了创造出词语和事物四周的沉默，就像书页上的诗句提示着潜伏在它四周的巨大空白。

诗歌的悖论在于，它试图用语言来抑制语言，用语言对语言本身发起攻击，使用语言来表达沉默。它梦想用语言来超越语言，或者在说话之中进入隐喻性的沉默，用沉默作为言语的一种形式，与被忙碌的、失真的话语所壅塞的现实世界形成对话。

日本著名电子游戏和动漫产品《口袋妖怪》中，有一种小怪兽叫"胡说树"。它的身体长成树的形状，有绿色的枝叶，脑袋却是石质的。它最大的特点是喜欢发出"胡说，胡说"的叫声，但它每次发出的"胡说"声的含义都是不一样的，听得懂的人为我们翻译出来，有时是"天气很好，肚子很饿"，有时是"天气很饿，肚子很好"。它说的内容在不断变化，但听众却只能听到它发出"胡说胡说"的叫声。"胡说树"就是话语与意义分离的典型形象。想想看，如果连树都开始滔滔不绝，世界将变得多么可怕。其实，语言一直处于"胡说树"的威胁之中。语言是一种非物质的媒介，从本质上来说它是"无增无减"的，但由于语言在历史中最容易变成各种意识形态的容器，所以，迄今为止它所受到的污染和异化，远比其他物质形式的媒介更严重。现代文化进一步加速了它的堕落：由于权威的丧失，由于对话语权利的无止境追求和随意使用，以及媒介和技术的发达，人们不再相信存在"不可言说的事物"，或不再相信面对"不可言说的事物"有保持沉默之必要。人们说起话来更方便也更无所顾忌，于是变得滔滔不绝，就像"胡说树"。一切人渴望言说一切。公共话语与私人话语、信息与秘密之间失去了界限，政治、商业、娱乐与大众传播话语的急剧繁殖和交叉感染，使得语言的真实性面临各种危险。语言不再像它最初在世界上发生的时候那样与"道"（真理）是合一的，而是日益成为个人通往"道"的障碍，成为自由意识的敌人。

与散文作家相比，诗人对语言失真的焦虑更严重。散文（包括小说）如同乐观的饶舌者，它的目标是人类生存经验的沟通和交流，所以它要尽情表达可以表达之物（瓦莱里因此认为，严格来说，小说不是一种艺术形式）。诗的目标正好相反。诗之所以在交流与切断交流之间摇摆，在确定与不确定之间悬浮，是因为它梦想表达本质上不可表达之物，用语言来创造静默，以语言来否定语言，最终超越语言，就像瑜伽以身体来否定和超越身体。

关于艺术的起源，有各种各样的解释或猜测。无论艺术是起源于游戏、巫术还是技术，它都带有游戏的性质，与思想或宗教的使命有着明显差异。随着精英和权威从群众中分离出来，艺术变成"艺术家"（诗人、画家与音乐家）所秘密从事的事情，"艺术家"又逐渐成为知识分子的一部分，艺术便不断远离自己最初的使命，变成了思想的一种表达方式，从此额头上打上了痛苦的烙印。现代概念上的"艺术"一词诞生后，艺术再次自觉地将自己从思想中分离出来，不再满足于充当思想的婢女，而是试图通过超越思想来肯定自身——成为思想的解毒剂。在柏拉图对话集中，苏格拉底被立为提问之王，他揪住听众不放，他让别人分享其智慧的方式就是不断地向他们提问。思想的意义就是向"上帝"和世界不断提问，与之争辩，通过发出个人的声音来将自己从永恒的静默中分离出来，而艺术的完满状态则是弥补思想所造成的这种与母体的裂痕（创伤），进入"融为一体"的静默。现代艺术所创造的静默，因此成为时代的精神治疗和文化治疗的一部分，这种治疗采用的是休克疗法模式，而非古典式的规劝疗法。

现代艺术的休克疗法采用了两种极端的形式，一种是语言的喧闹形式（宣泄），一种是语言的沉默形式（抑制），这两种形式表面对立，本质上却同时包含着其对立面。欲望的宣泄有两种形式，一种是行动的喧闹，一种是语言的喧闹。词语的膨胀是欲望宣泄的结果。作为世俗欲望的解放形式，宣泄是对压抑的一种反抗或逃避。用现代精神分析的语言来说，如果欲望无法找到宣泄或升华的途径，压抑就会进入梦境，如果不能得到表达，就有可能出现精神病症，成为精神治疗的对象。18 世纪以来的现实主义小说就是肯定语言的宣泄，这是文艺复兴精神的文学化表达，这种语言的宣泄最终往往指向行动。现代主义文学则倾向于抑制行动，停留在语言自身的宣泄上。

语言的喧闹形式，是比需要的说得更多。它试图以话语的喧哗来压倒现实的喧闹，以无目的无意义的喧闹来平息现实世界自以为"有意义"的喧闹，以"多"（折磨读者的废话和冗长风格）来显示"多"的虚妄，从而以喧闹来创造沉默，比如晚期庞德的《比萨诗章》和垮掉派诗歌，乔伊斯的《尤利西斯》和亨利·米勒的小说，贝克特的戏剧，费里尼和戈达尔的电影。这是一种既无法压制，又无法指向预期的"意义"的话语，它解除了语言和意义之间的传统契约，使得语言和意义之间的关系重新成为问题，从而制造了一种逆转性的效果。话语在癫狂之中解除了"意义"的义务，仿佛在吵闹的同时使用了消音器，使得最终呈现出来的不是声音的意义，而是沉默的意义，正如极速运动就是静止（飞矢不动）。

语言的沉默形式，是比需要的说得更少。它试图以语言的节制来治疗现实的喧闹，以清空的方式实现完满，以缩小语言边界来扩大自由意识的范围，以切断逻辑、切断语言连续性的形式来重建事物之间的联系。在东方传统哲学和诗学中，最完满的意识和话语状态是 "一多互摄"（一就是多，多就是一），追求沉默效果的现代艺术延续了古典主义的节制风格，并将这种温和的节制发展为一种否定现存话语逻辑，否定理性主义所建立的意义体系的激进意志。诗歌中的简约主义（意象派、黑山派、史蒂文斯，以及中国"第三代"诗歌中的他们派），小说中的零度叙事（法国的新小说派），伯格曼、罗伯特·布列松、小津安二郎与侯孝贤的电影，都是试图以最少的材料达到最大的效果，就像布列松说的，"轻微的噪音造成绝对的安静"，"由静止和静寂所传达的，要肯定俱已用尽"（《电影书写札记》）。在"默语"中，被说出的部分同时指向被放弃和删除的部分，语言的产生更多地来源于语言的自我净化冲动，是对"无知"而不是"知"，对创造沉默而不是制造言词的渴望。

埃里亚斯·卡内蒂在其自传《获救之舌》的开头，讲述了幼年时"割舌头"的故事：因为家里的年轻女佣与对门的男人相好，早上，女佣抱着他走出家门，便发生了以下的事情：

"我们家对面，一扇门打开了，一个男人笑眯眯地走出来，他友好地向我走来。他走到我的身边，站立着对我说：'伸出舌头来！'我把舌头伸出来，他把手伸进他的衣袋，取出一把折刀，把它打开，将刀口伸到贴近我的舌头的地方。他说道：'现在我们把他的舌头割下来。'我不敢将舌头缩回去，他靠得越来越近，他的刀口马上就要碰到我的舌头了，就在最后一瞬间，他将小刀抽回去说：'今天先不割，明天才割。'"

喧闹是暴露秘密，缄默则是保守秘密。保守秘密有两种形式，一种是像卡内蒂所讲的被迫保守秘密，另一种是主动保守秘密（捍卫某种秘密）。被动保守秘密是有期限的，在《获救之舌》中，"小刀的恐吓产生了它的作用，小孩为此沉默了十年。"一旦获得机会，被迫沉默的人就会暴露秘密，从而解救自己的舌头。而主动沉默者的情况是这样的：为了捍卫秘密，他用缄默将自己从喧闹的人群中分离出来，但人群会不断用各种方式来刺探他的秘密。如果他成功地逃避了他们的刺探，就会陷入孤立，但他同时也赢得了别人莫名的敬重和畏惧。沉默者使得人群对他的言论更为期待，也更为重视。结果，他一张嘴，就变成了命令或启示。

放弃说话的权利，是为了在更高标准上重新获得说话的权利。学习期的儿童不断接到要求他"闭嘴"（保持静默）的命令，此时，沉默意味着对缺乏或放弃思想、缺乏或放弃说话权利的确认。一些苦修教派也要求修行者进入类似学习期儿童的"禁声"状态。

同样，既然我们还处在语言的世界上，而不是天空中的"泡沫"，或里尔克的《杜伊诺哀歌》中所描述的无须语言、其光彩本身就是纯净语言的天使，绝对的沉默就是不可能的。所以，诗歌所创造的沉默只能是一种矛盾形式的隐喻，既可以被理解为主体、客体、"意"和"象"的同时消解，也可以表现为事物和词语的重新开放。诗歌与其他形式的艺术一样，都是为了缓解生存的本质性焦虑，但只有言说或只有沉默都会带来新的焦虑，所以，诗歌所追求的隐喻性沉默，不是指向取消生命的死寂，而是意味着对语言真实性标准的重新思考和确定——或至少为更高标准的言说，为重新获得话语权利而留出时间。

太阳落山时会变色，好比人们

从一种语言转为另一种语言，或从唱歌

转为说话，从说话到低语，再到耳语，然后无言。

远处，宛如乒乓比赛的声音：

只信上帝和亵渎上帝，来回拍击。

——耶胡达·阿米亥《夏季和预言的尽头》

能听到"只信上帝和亵渎上帝来回拍击"的人越来越少，更多还处在以语言为"上帝"阶段的人能够听到的是：言说——沉默，沉默——言说，就像乒乓球在来回拍击。

诗歌也在制造宇宙黑洞

问：想想就觉得奇怪，人为什么要写诗？吕约，你最初是怎么写诗的？最初是为什么写诗的？

答：很多人以为我是在华东师大的校园里吹着小清新的风开始写诗的，其实我在校园里每天过得都很诗意，但并没有正式写什么诗歌。因为那时候的生活本身就是诗，就是一种大观园或伊甸园式的生活。发现一条新的小路，新认识一个有趣的人，每天都有惊奇，生活本身就是诗，所以不用再费神去写什么诗。

真正开始写诗，是我毕业去了广州之后。天真时代的乐园失去了，来到了一个火热的"现实世界"。广州当时正是一座赚钱赚到高潮的城市，每个人在路上移动都是在赚钱，一旦坐下来，就是在数钱。我当时在一所中学教书，一边是数钱声，一边是学校操场喇叭里传出的国歌和运动员进行曲，在两种声音的夹击下，我突然开始写诗了。这是一种失乐园之后，企图复乐园的冲动。

所以，我的诗并不是"诗意生活"下的蛋，而是出现在我难以接受那个所谓的现实生活之时。也许所有真正意义上的现代诗，都是在词语与"现实"的紧张关系之中诞生的，是天真与经验的冲突之歌。而现代之前的古典诗歌，也就是席勒所说的"素朴的诗"，是人尚未从自然的母体中分离出来的诗，是子宫里的抒情。离开自然的或文化的"子宫"后，置身于现代时间与空间中的现代诗，睁开眼睛，首先面对的是经验的碎片与词语的废墟：一面是现代经验的复杂性、不确定性和多义性，一面是现成的词语无法传递这种经验。

问：在当下这个世界，你认为诗歌是有力量的吗？

答：如果有警察要进入我们现在谈论诗歌的房间，诗歌肯定无法阻止。如果你走在大街上被穿制服的人盘问，诗歌也无法为你解围。面对各种足以碾碎个人的外在的"力量"，诗歌肯定是无能为力的。但是，面对这种"自知无力"，我们还在写诗，这是怎么回事？是不是恰好说明诗歌又有另一种力量？这种力量，并不是直接改变现实世界的"介入"，而是通过词语，建立平行于现实世界的另一个世界，来质询、修复词语与"这个世界"的关系。

在这个现实世界上，我没有真正的自由和权力，我无法自由地穿越空间前往各种我想前往的地方居住生活，我甚至无法自由地使用我自己的身体。但我在言词世界中的自由，从随意将两个完全无关的词语组合在一起开始，并以此为原点，创造出"另一个世界"，另一种词语逻辑。我使用这个自由世界的词语逻辑，来反抗那个完全不自由的世界的词语逻辑。

问：但语词的世界，也并不是乌托邦。即使梦中浮现的一个词，在激动时喊出的句子，也都是从全国统一的小学课本开始被教育训练得来的。生活在政治抒情诗年代的人，提到"太阳"，几乎不会想到那个真实挂在空中的太阳。因此，我认为，语言本身就是一处需要争夺和斗争的战场了。

答：越是儿童心有灵犀的地方，老同志们越是"看不懂"。

诗所依赖的每一个词语，都不是刚刚冒出来的，而是"历史性"和社会性的，也就是被各种"实用需要"所污染或囚禁的——被学校、宣传所代表的意识形态话语污染，被社会"实用语言"逻辑囚禁。使用每一个词语，都需要和它背后的幽灵搏斗。最简单的例子，当我们现在提到"母亲"时，无法指向你自己的那个妈妈，从课本到各种所谓主旋律歌曲中，这个词已经完全变成了空洞的能指。她是祖国、民族，是某个集体或组织，唯独不是一个真实的母亲。因此，当我们需要自由地去书写一个真实（如其所是）的母亲，比如我自己的母亲时，已经没有真实的词汇与之对称了。象征的"母亲"，谋杀了"实在界"的母亲。于是，诗歌的写作，就成了一种夺回原初的词语，夺回我们对于自我和世界进行自由言说的权力。

问：让你没有真实的语言，亦即让你生活在不真实之中，脱离真实的生活，便是权力得以存在的基础。因为，没有真实的语言和真实的生命，你也不能站在一个真正切实有效的基础上去反对什么。你的个体存在，也就被消耗在一种虚假的语言和观念泡沫之中，剩下的就是随着看似真实的集体潮流漂浮吧。之前是革命光荣，现在是努力致富，跻身成功人士的世界。

答：所有以集体形式出现的话语，不管是官方教科书，还是商业广告，它们的目的就是制造巨量的话语泡沫。真实的语言被淹没被贬值，而所有的个人丧失真实的语言之后，把自己献给那些泡沫，从中获得一种集体话语的安全感。因此，真正的诗歌，就是从个体的生命经验出发，从每一个词语出发，对于语言的质询和再次唤醒，让词语不断地回到真实之中来。尽管这种"个人的真实"不一定代表他人的"真实"，也不一定是"终极真实"，但这种对"个人内心真实"的捍卫和呈现，带来了对词与物的关系的审视，使得那些仿佛"自然而然"的东西，露出不自然的尾巴来。

问：但我个人认为，诗歌本身其实也是可能成为一种集体话语，甚至话语泡沫的。当大家都把一些无关的词语拼凑在一块，当做诗歌，当大家都使用一些比喻或者反向的比喻来抒情时，诗歌也背离了真正的真实语言。

答：如果你只是集体话语所制造的现成意义的经纪人，用现成的观念和修辞术来组装词语，那只是集体话语的"捧哏"而已，既不需要灵魂，也不需要什么智力。在古代，所有念过几年书的农民都会吟几句诗，20 世纪50 年代"大跃进"时还有农民赛诗运动，营造出一个"全民皆诗"的政治浪漫主义乌托邦。但事实上，即使在古代，显然并不是会造些诗句的读书人或乡绅，就能成为诗人。诗人的"原型"形象，被理解为：一种对于事物和世界的敏感，一种感受力和词语想象力，以及对于言辞世界的信仰、精神凝聚和肉体投入（"两句三年得，一吟双泪流"）。

现代诗人呢？正如亨利·米修所说的："混蛋们，你们不知道我使用一个词，要流多少眼泪！" 我的朋友巫昂也提到了，她在 2007 年之前有一段时间没写诗，因为她当时写不出诗。根据她的描述，她"把自己的身体和精神的器官打开"，随时迎接诗的来临。这是一个现代诗人对"诗歌诞生"的准宗教式体验。在这种体验中，作者被要求向诗歌支付"灵魂"——对于当代人来说，这真是最大的成本。

问：现在，我想谈谈我对诗的看法了。因为，我认为你们的诗都显得太狭小，总在人类的圈子里。太多人的气味。但我认为人类之外的世界，比如我们现在脚下的地板的方格子本身就充满诗意。最富有诗意的，可能不是那些歌唱和语词，而是整个世界，整个宇宙，全部人类所由来并最终将归入其中，在时间之外永恒不动的那个原点。就如同所有的物质，必定有一个最初所有来的起点，而在所有物质出现之前，如果有一个起点，那个点必定是彻底的虚空的。

这个什么都不是、哪儿都不存在、永远在时间之外的原点，决定了我们一切的存在。就如同种子决定了所有叶片和枝干一样，只是我们谈论的这个种子，是种子之前的种子，是最初种子粒子所由其中而来的虚空。在这个没有地方的地方，用任何语词都会偏离我的这个目标，没有任何语言是真正恰当的。或许，彻底的沉默，才是正确的。而这恰恰是我认为最大的诗。

答： 你在谈论一种非人的体验，一种天文学或物理学，一个不需要人在场、不需要人言说、驱逐了人的世界。人类经验之外的事物，当然可能是极具诗意的。我和巫昂从北京飞往上海时，机舱电视里在播放一个关于黑洞的科教片，那些科学家用公式和插图在向观众解说黑洞，我们当时就感叹，黑洞和科学家的解说都太有诗意了。包括那些画在黑板上的方程式。

如果你没有去搞天体物理学研究，不是用科学语言，而是用文学语言来表达这种"非人世界"的诗意，那也是在创造一个语言的"黑洞"。

问： 但最初的诗歌，或许就是物理学。

答： 讨论最原初的问题，肯定就是广义的"物理"。你所关注的那个时间外的不动点，可能与史蒂文斯的主题有些类似，但史蒂文斯在展开他的玄学时，事实上也使用了大量的隐喻，大量的转换性的形象，无法彻底"非人化"，这可能又不能让你满意。

"诗"（艺术）的语言，是从"人"的问题出发的，最终还是要回到人类世界的形象之中来。你认为离你最遥远的、那个时间之外不动的原点是最神秘、最有诗意的，而我认为形象本身恰恰是最神秘，最原初，也是最难以表达的。屁股底下的一块石头，头顶的一面红旗，是怎么回事？怎么描述它？描述之后就穷尽它了吗？就像我在《坐着》这首诗里所写的，我们每天都要坐着，一辈子要花这么多时间坐着，这是怎么回事？我坐着，你站着，这是怎么回事？事实上，无论你使用多少吨词语，你的语言和那个形象之间，永远隔着无法取消、无法缩短的距离。你无法完全地、一劳永逸地说出那个形象本身。

威廉·卡洛斯·威廉斯的《红色小推车》，很客观，这种客观恰恰是神秘的。各种各样的解释，都无法穷尽它。经验主义者要"还小推车为小推车"，神秘主义者却可以认为这个形象就是宇宙的原点："这么多东西／依赖／一辆红色／小推车／在雨中／闪闪发亮／旁边走着／几只白鸡。" 这整个世界，就是以红色小推车这个形象发动、支撑和组织起来的。

威廉斯这种呈现具体形象的诗，之所以让那么多读者感到一种新奇的魅力，就在于一个具体形象带来的整个世界感。这种将具体形象作为世界根本的态度，是与当时美国流行的另外两种倾向相对抗的，一是用夸大的"自我"来涂抹一切事物的"新浪漫主义"，二是将"自我"和事物的实在性一起排除的"玄学诗"。

为了那个"原点"和"终极秘密"，你寻遍人与非人的世界，也许最终会发现，这个世界中的那些具体的形象本身，就在你眼皮底下的事物，恰恰是神秘的、无法穷尽的。比如，你的呼吸，鼻腔进进出出的气流，是怎么回事？这是不是也是一个"原点"和"终极秘密"？

问：这回，我又要抛出那个法宝了：《神曲》，事实上就是处理我关心的那个一切存在之神秘原点的主题。最后的天堂篇，所有的灵魂以玫瑰花瓣的形式互相连接，旋转，来接近围绕那个原点。在那个临界点上，人的世界正在消失，而一种人类之外的存在得到了显现。

答：但丁是那样想象的，同时他也是那样相信的。他写下的，不单是他自己的想象，也是一种他身处其中的信仰和他的世界。但在我们这个时代，还能不能将物理和诗歌想象合为一体，创造出一个终极的完满图景来，这是一个问题。

但当代诗歌的写作，就话语发生的起点而言，恰恰与《神曲》高度一致。因为我们都像《神曲》的开头那样，处于"人生的中途"，穿越于"晦暗的丛林"，听着各种"野兽"的咆哮。同样，我们也在"失去—寻找—获得—重新失去—重新寻找—重新获得—"的情节模式中，漫游于精神的"炼狱"、"地狱"与"天堂"，在与陌生或熟悉事物、有形或无形之物的相遇或重逢之时，激发各种心理体验：喜悦、悲伤、爱慕、恶心、恐惧、迷狂、震惊……这些心理体验不分时代，在其发生之时，都与一个词密切相关：面对他者的"惊奇"，无论这个他者是贝阿特丽采，是一扇门上的字迹，还是一个罪人的叫喊。《神曲》的语言，不是从宗教语言开始的，而是从诗的语言开始的——看什么都像第一次看见，并为此耽搁于"迷失的中途"。诗的语言，永远诞生于"惊奇"的瞬间，从这个意义上来说，我们和但丁所置身的世界图景不同，但语言的"原点"却是一致的。

问：最后，让我们回到诗人这个形象。我注意到，这次参加诗歌音乐节，所有民谣歌手几乎一目了然，就是歌手，就是搞文艺的，但诗人却一人一个样，公务员、老板、水电工，各种样子都有。诗人这种身份，真是一种很有趣的身份呢。

答：是啊，诗人作为一种幽灵，在当代始终都是潜伏在各种其他人种之中的。而小说家、学者，工人，农民，都是自己坐在自己位置里一对一的、被整个社会体制公开认可而且固定的身份。但诗人的身份往往是多重的，比如我在大部分人看来，主要是"媒体人"，在一部分朋友和读者眼里，才是"诗人"。

在现代社会的分工体系中，"诗人"已经不是一种职业身份，而是一种无法进入分工的"异质存在"，在现实世界和人群中，当然是找不到椅子的。这种边缘化，也恰恰是诗人观察和写作的一个恰当位置和距离。有意思的是，正如帕斯所说的，在这个"人"不再位于意义中心的当代世界中，其实所有人都是边缘人，每个人都感到自己处于边缘的这种经验，恰恰是这个时代的中心经验。也就是说，身处"边缘"的诗歌所书写的，恰恰是现时代的"中心经验"。在我看来，作为现代以来为诗辩护的诸多说法中的一种，这个"边缘位置／中心经验"的说法，并不是为了让诗歌重返想象的"中心"，而是以悖论的形式，显示边缘／中心之间界线的虚幻性。

　　所有人——至少是在不同时刻——都拥有被从"中心"抛离出来的经验，无论这个"中心"是什么，是"权力"还是"意义"的逻各斯。这是一种随时在个体身上发生的危机体验。区别在于：有人用语言表达这种经验，有人不表达；有人用这种语言表达，有人用那种语言；有人阅读这种表达，有人把它推开。就社会分工论而言，这算不算一种"分工"？